U1013882

· 漫漫诗词情系列 ·

李商隐

多情却被无情恼

专供版

邓慧蓉／著

哈尔滨出版社
HARBIN PUBLISHING HOUSE

图书在版编目（CIP）数据

李商隐：多情却被无情恼／邓慧蓉著. —哈尔滨：哈尔滨出版社，2017.6
（漫漫诗词情：专供版）
ISBN 978-7-5484-3422-1

Ⅰ. ①李… Ⅱ. ①邓… Ⅲ. ①李商隐（812–约858）–唐诗–诗歌欣赏 Ⅳ. ①I207.22

中国版本图书馆CIP数据核字（2017）第098643号

书　　名：李商隐：多情却被无情恼

作　　者：邓慧蓉　著
责任编辑：李金秋　韩金华
责任审校：李　战
装帧设计：上尚装帧设计

出版发行：哈尔滨出版社（Harbin Publishing House）
社　　址：哈尔滨市松北区世坤路738号9号楼　　邮编：150028
经　　销：全国新华书店
印　　刷：哈尔滨报达人印务有限公司
网　　址：www.hrbcbs.com　　www.mifengniao.com
E-mail：hrbcbs@yeah.net
编辑版权热线：（0451）87900271　87900272
销售热线：（0451）87900202　87900203
邮购热线：4006900345（0451）87900345　87900256

开　　本：787mm×1092mm　　1/16　　印张：11.5　　字数：144千字
版　　次：2017年6月第1版
印　　次：2017年6月第1次印刷
书　　号：ISBN 978-7-5484-3422-1
定　　价：36.80元

序　一帘幽梦　十里柔情

有时，总是固执地记着千年前那些才华横溢，而又命运多舛的人，记得他们的生平，记得他们的名，也记得他们的字。古人总是风雅，连字都取得潇洒如梦。我记得蒋捷字胜欲，记得王维字摩诘，记得李白字太白，记得最深的，却是李商隐，字义山。

我已经记不清，在什么时节，什么地点，忽然看到这样的文字。仿佛是春深花落的季节，又仿佛是月落乌啼霜满天的时刻，有这样一句诗不经意地浮现于眼前：春心莫共花争发，一寸相思一寸灰。刹那，就被这句诗，夺去了魂魄，迷失了魂灵。

是那样凄艳旖旎，又是那样清冷悲伤。古来写相思的句子有不少，苏东坡写过“十年生死两茫茫，不思量，自难忘”，纳兰容若写过“相思相望不相亲，天为谁春”，温庭筠也写过“玲珑骰子安红豆，入骨相思知不知”。可此前，并未见过这样的诗句，悲伤且隐忍，痛楚得连相思都要片片成灰，飞入烟云，消散成绝唱。

可爱过的情意，又何曾随之化为灰烬？

于是，我开始追寻这位诗人的脚步，开始了解他烟波不平的人生，开始知道他叫作李商隐，字义山，号玉谿生，又号樊南生，今河南沁阳县人，终年不过四十六岁。这样的年纪，放在如今可以说是英年早逝，在风雨飘摇的晚唐时分，也不能叫作得享天年。

我深深爱着的这位诗人，是晚唐诗坛的一颗明星，又堪称是一位情歌王子，他的诗至情至性。他短暂的一生，像是一出末世的传奇大戏，命运波折，离乱如同涨潮时的海水，在每个命运的转角，接连迭起。唐朝诗人的命运，总是多舛而迷离，这个曾繁华一时的盛世，最后并没有给所有的诗人带来同样的繁华。对于李义山，亦如是。

与众多诗人不一样的是，他的身上，流淌着李氏王朝高贵的血液，那是生生世世的传承，如同烙印，挥之不去。然而，这种源于皇室的血统，并没有给他带来什么实际的利益，这种虚幻的荣耀，加诸潦倒破落的家庭中，更像是一种繁重的负担与责任。尽管，他是那样为自己高贵的血统而感到骄傲，屡次在传世的诗文中，提及这种华丽的自尊，只是，谁都不曾当真。纵使当真又如何，这位年轻的书生的家族，已经离开那个权力中心太久，太久。

怨不得人们要遗忘，恨不得人们要轻视。人生就是如此，没有足够分量的砝码，谁能规定和强求谁要高看谁一眼？谁又必须要对籍籍无名的人关怀备至？人情疏淡，世情冷暖，这个浅显的道理谁都明白，却不意味着谁都不会受伤。

奔波在红尘浮世里的义山，比谁都通透清明，也比谁都容易敏感伤怀。祖上的辉煌，他并没有亲身感受过，只是从年迈的长辈口里，听说过只言片语的璀璨。

那些绮梦一样的华丽故事，深刻地坠落在他的心底，在他懵懂无知的幼年时期，给予了他一份傲气的资本，即使这份资本，仿佛百无一用。只是，生活在沧桑人海里的我们，总需要一些事情，给我们一些独立与骄傲的底气，只有这样，在风雨来临时，才不至于太无措。

这个羸弱的书生，在成年之后，才发觉高贵的门第，已经是水面上的泡影，存在过一息的浮华，留下的，却是半生的寥落。那时，他的心中一定有一个美丽又伟大的梦想，想要借着手中的一支笔，想要借着满腹绮艳的情思，将这个中落甚至是潦倒的门庭，重新镀上华美的色彩，成为后辈口口相传的传奇。

我不知道，在他自己的定义中，此后的人生里，他是否用时光，用笔墨，做到了这一点。或许，他心中的理想，与实际上相差甚远。然而，在后世人的心目中，记住他那个曾繁华潋滟的家族，却从不是因为高贵的门第，而是因为他，因为这个温柔却坚定的诗人。他将诗意诉说与时光，将情怀托付于历史，这已足以成就一段传奇。

乘一叶扁舟，翻一卷书经，燃一炉沉香。

就这样，静静地，静静地，徜徉在温柔的日光里。让我们开始一段漂流，去追寻千年的旅程。

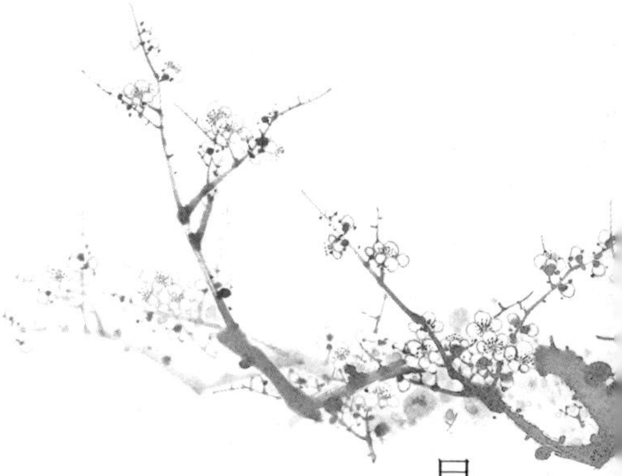

目录

目录

目录

第一章

追忆何如无追忆

王孙故年

怅卧新春白袷衣，白门寥落意多违。

红楼隔雨相望冷，珠箔飘灯独自归。

远路应悲春晼晚，残宵犹得梦依稀。

玉珰缄札何由达？万里云罗一雁飞。

——李商隐《春雨》

不知是在何处翻阅到这首诗，瞬间，便觉得心为之一动。仿佛是前生的约定，又像是今生的赌注。总有一些事情，带着命定的意味，在某个刹那捕捉谁的灵魂与情思。

朦胧的春雨里，弥漫着模糊的烟气，谁站在雨里，撑着小小的紫竹伞，一眼，望断了爱与恨。前生那么遥远，却为何，依旧要念念不忘。或许就是这样一个冷漠而多情的雨天，我们的诗人，披上一袭青衫，带着一身孤寂落寞，静静地行走在这凄凉怅然的烟雨里。孤冷的天气，总是令人情绪缠绵，纵使是征战沙场的将士，也无法逃脱只言片语的多愁情怀。

更何况是我们温柔怅然的诗人。

他会不会忆起遥远的童年，一滴雨，轻巧静默地在伞面上晕开，然后滑落的时刻？那是一次打开记忆闸门的契机，一打开，记忆就如同潇潇的落雨，不断倾下。

那是人生刚开始的时候，懵懵懂懂，痴痴傻傻，对着世间的一切都怀有蒙昧的好感和好奇。那纯真的双眸里，没有黑，没有灰，只有一片纯净的白，也没有忧愁，没有烦恼，只有温柔的母亲与慈祥的父亲，一切，美满如天堂。

后来，从母亲口中，或许从年迈的长辈喃喃细语中，他知晓，自己出生的那一年，是公元812年唐宪宗的元和七年。那一年，恰好是龙年。他坚信这是一种注定的宿命，暗中昭示着自己尊贵的血液，遥远的多年之前，他的先人们曾是尊贵的皇室子弟，流传到如今，他依旧与众不同。

诚然，他的降生，给这个逐渐中落的家庭，带来了莫大的欢喜。在他之前，他的母亲已经诞下了三个女儿，年华老去的妇人以为自己再也无法给丈夫延续血脉，承继香火。李商隐的出生，消除了这个隐忧。在其后的几年间，她生下了幼子羲叟，圆满地完成了那时作为一个女子来到世间的任务。

是年，他的父亲李嗣正担任着获嘉县令的职务，那是如今河南的某个小城，淳朴清幽，千年的时光，仿佛并不能凿开古老的原始风气。听闻夫人诞下了自己的长子，他匆匆摘下官帽，几乎是奔跑着回到后衙，抱起襁褓中的孩子。血脉流动，父子天性，不复年轻的夫妻两人，隔着红纱相视，微微一笑，凝结了千言万语。

在生命最初的那几年，仿佛一切都是欣欣向荣的。唐朝的文坛，亦是群星璀璨，如同不久前的大唐盛世，华丽，而又磅礴。李商隐出生那年，韩愈和白居易都正值壮年，鬼魅飘忽的“鬼才”李贺也不过二十三岁，尽管在四年后就溘然而去，但那时确实是他创作的高峰期。短暂的繁华，被称为“元和中兴”，而这一切，在李商隐成长之后，却如同过眼而去的烟云，不过是萦绕于指尖的一个梦，转瞬即逝。

这种感受，想必是很不好受的，如骨鲠在喉。分明曾有一段时间，同这些传奇，行走在同一个时空，享受同一片天地与空气。这个世界上发生的事情，与他们息息相关，有些记忆，总是相同。然而，生命的早晚，时光的间隔，总是在几个十年后，就显现出它们强大到无与伦比的力量。那些传奇，随着流水般的时光消逝而去，而多年后已经明白世事的他，爱上这些传奇的人，却无法触及他们的衣角。

只能徒增“君生我未生，我生君已老”的悲伤。只能感叹时光的强大，曾经并肩而行的人都无法一辈子随同左右，更何况他们只是拥有过短暂的交集，错过了，就是一生。

懵懂无知的时期总会过去，尔后，世事的凄凉，总会让涉世未深的孩童铭记一生。或许，是上苍太过残忍，命运的不公，在最初的时刻就彰显出它的偏心。让刚刚对世事有所记忆的孩子，在最初的记忆之中，刻下的感情，就是生离死别所留下的悲伤。

那是他的第二个姐姐。他的长姐，在他出世之前就已经离开了人世，无须经受世事给女子的磨难，无须被时光从花容月貌磨成沧桑黯淡。而他的二姐，却必须经历人世间的摧残，温柔贤惠的她嫁入了名门，没过多久就被休而回家。她名义上的丈夫却始终不曾过问，任由她孤身而去，最后她郁郁而终。而她逐年潦倒的娘家，并无力为含冤早逝的女儿，讨回一个公道，只能含着泪水，将她匆匆安葬。

冬日的山水，冰冷而无情。李商隐最初的记忆，就是这样的冰冷无情。飞鸟掠过暮雪千山。一家人在埋葬了次女后，风雨再次侵袭而来——父亲李嗣失去了县令的官职，一家老小，同时也失去了赖以生存的资本。生活像是无所不在的恶魔，饥寒交迫，在漫长的黑夜之中张牙舞爪。年幼的孩子再也看不到过往的温馨安宁，他似懂非懂地靠在母亲怀中，不远处，幼弟在陈旧的摇篮里哭得脸色通红。

无奈之下，他们举家离开了生活了三代的故乡，漂泊无根地前往各地，寻求安身立命的巢穴。彼时，李商隐不过是个刚刚记事的孩子。这像是一个不祥的诅咒，在他懵懂的童年，就注定他一生漂泊，不断漂泊，永远无法在一个地方长久停留。离开，是他的宿命，而安静，则是他一生的追寻。

李嗣先后在镇江、绍兴等地做过幕僚。江南水乡，温润如梦，在这些温柔的鱼米之乡，义山波澜不惊地成长起来。或许，那是上苍片刻的慈悲，或许，又是它格外的残忍，让一个年幼柔弱的孩子，享受过温暖与平静，又在顷刻之后残忍地夺走。仿佛是为了让他觉得人世更加沧桑，又仿佛是为了让他在日后的颠沛流离里，有点可以怀念、可以温暖的东西，如同心头一盏明灯，微微的，淡淡的，可前方的路，依旧隐约可见。

江南，那是无数诗人，都无法用言语颂赞的地方。他们无法颂赞春日里，渡过烟雨红尘的小桥流水，流连忘返在青翠柳丛里的黄莺鸟儿；他们无法颂赞秋光中，朦胧了半城山色半城笛的山岚，婉转了多少风流才子与佳人的秦淮长河。这个地方，如同一首永远的诗，每个流浪至此的诗人，都会深刻地爱上这里，而后，于记忆之中，长久铭记。

我一直深信，江南的山水，温润了那年、那颗幼小却不断变化的心。这里的风情，深深地迷醉了这个年幼的孩童，未来的诗人。风情浸染，于是，钟灵毓秀的山水，成就了他朦胧诗意里，最初的逼人灵气。深记的，并不是只有秀美的山，清亮的水。

江南里，还有一段段故事，一幕幕传奇，并附加无数的爱恨情仇。义山随着父亲居住过的城市，都是人文气息异常浓厚的地方。这让我更加不容置疑地确定，他的诗意，在幼年期，就因江南而被激发。都说一方水土，养一方人。显然，之于义山，亦是如此。

载着他的车马，从远方奔驰而来。并没有谁，告诉这方水土，这里会孕育出一位晚唐时分，惊艳了时光的诗人。或许，它是心有感应的，然而，它始终用一种沉默的态度接纳、守候、送别这位诗人，不高歌，不欢喜，也不悲伤。它孕育过太多足以载入青史的人物，义山，不会是第一个，也不会是最后一个，可是他，却是最令人潸然的一个。只是江南，永远都静默着，它以最大程度的公平，来面对这个最不公平的人世，不悲不喜，不急不怒。

所以，在它送走义山，遥遥凝望着那一驾在风霜欺凌中，显得更加残破落败的马车离去，亦是悄无声息。斜阳如血，缓缓沉入了地平线，如同一盏浴血的残灯。道路两旁风声萧萧，野草凌乱，一切都是那样凄冷苍凉，仿佛在为这个不再完整的家庭而悲歌——他们刚刚办完了这个家庭一家之主的丧事，匆匆又踏上了返乡的旅程。

不算年迈的李嗣在镇江溘然而去。孩子们失去了父亲，妻子则失去了丈夫，从此他们成为了孤儿寡母，所有人望着他们的目光，都带上了一层欲说还休的怜悯。家庭的变故，令义山迅速地早慧起来。他的心灵，原本就温柔而敏感，此时，越发觉得人世苍凉。他是这个家庭中的长子，父亲的离去，令他不得不，以一种肉眼无法捕捉的速度，成长起来。

这一场旅程，仿佛没有终点。车外，风景不断流逝和变化，他不断想起父亲，他修长而温润的手，总是温和微笑的神态，还有一直挂在嘴边的故事，那里面，有各种神奇的鬼怪，更多的则是，他素未谋面的老祖母。那位老人，睿智地看穿了世情，洞悉了世道，在苍茫的人世，独自一人支撑起了整个家庭。

其实，那应该是义山的曾祖母。这位从范阳的名门大户中走出来的女子卢氏，坚韧而隐忍。过早地失去了自己的丈夫，却将自己的儿子培养成了著名的诗人。卢氏成为这个家族实际上的掌权人，承担起了家族的责任，义山的父亲李嗣，亦是在她的抚养之下成长，所以，对于这位祖母，他一直感怀牵念，同时尊重敬佩。这种情绪，感染了他年幼的儿子。卢氏的一生，更成为了义山心中永恒的支柱。

总有那么些事情，能够给身临绝境的人们一点希望，从而在这细微的希望里，生出源源不断的勇气。人生那么长，不到最后一刻，就不能用放弃两个字画上句点。这是义山的信仰，从曾祖母卢氏身上得到的信仰。他虔诚而坚贞，用自己整个人生，贯彻了这个信仰。

窗外的细雨，依旧潇潇落下。屋外，有温柔的母亲在呼唤自己的孩子，淋了雨的花猫轻轻打了个喷嚏，弯腰缩入了谁家的门庭。一样的雨季，有人潦倒地走进了天桥下，有人泡了一杯热茶，享受这多出来的静谧，也有人分秒必争，不肯放下手中的笔。

一场雨，不能洗刷人生的不公。命运，需要依靠自己的双手去改变，生活，也需要自己的努力去力争上游。那是幼年的义山，就很清楚明白的道理。

十年寒窗

书。书香。书境。

古人总是摇头晃脑地吟唱着：书中自有黄金屋，书中自有千钟粟，书中自有颜如玉。仿佛一旦读好了书，就可以得到世间人们所有念念不忘的东西。金钱与美人，或许那是许多人的梦想与追求，却并不代表所有的人都是怀着这样的理想而去徜徉书海。

更多的人求的是功名利禄、家国天下，或成为安邦定国的护主名臣，或成为守护一方安宁的父母官。利在一身不必谋，而利在天下则必谋之。那些十年寒窗苦读的学子，或许在翻开书页时，都曾有过这样的梦想，造福家国，海晏河清，再也没有人渴望虚幻缥缈的桃花源，因为这洋洋洒洒的天下，本身就是一个桃花源。

可义山开始读书的目的，最初很简单，很简单，简单到令人忍俊不禁，可回头，又觉得黯然神伤。那个孩子，不过是想要通过读书，让母亲与弟弟，过上比此时更好的生活而已。那样纯粹，那样令人怜惜。

如果说那个还不曾失去父亲与丈夫的家庭，还算得上是小康之家，那么在李嗣撒手人寰之后，这个家庭，迅速地陷入了困窘和凄凉之中。家徒四壁，一贫如洗。前来投奔宗族的孤儿寡母，受尽了人们的白眼。能够为家族带来声誉和金钱的人，人们趋之若鹜，而寻不到一丝利用价值，反而要依赖祖产存活的一家人，自然要承受人情的冷暖苍凉。这个道理，无可厚非，可说起来，却是那样冷漠无情。

幸好，李氏宗族对于族中子弟上学这件事，还是宽容的。毕竟是从书香之中熏陶出来的大族，尽管门庭逐日冷落，可这更加令人明白一个道理——这个家族，迫切地需要一个能够庇佑家族的人，他们在朝中的势力衰微得几乎杳无踪迹，除却科举一路，他们也别无他法。家中的男子都可以识文断字，而女孩儿们，大多数也能吟诗作画。于是，刚刚回到故乡的义山，同幼小的弟弟羲叟，以及堂弟宣岳，每日都随同一位李处士进行学习。那是他们的远房堂叔，血缘虽然不显，学问却做得不错。虽然不过三十多岁，为人处世，却极有夫子风范，品性高洁，不重名利，仿佛十分不合时宜。其实这样的人来担任孩子们的启蒙老师，是有百利而无一害的。

更何况，这位堂叔的学问着实是好。高人多在民间，才学又如何能以身份高低来划分？这位先生，十八岁通晓五经，上过太学，只是因为父亲的早逝而立誓不再踏入仕途。一旦立志，他便终生以此为信条，无论谁来游说他，他都不曾动心。但教授族中子弟，他却是乐意的，也愿意倾囊相授。他的古文古诗都写得极好，字更是俊逸洒脱，只是不肯轻易落笔。所谓不鸣则已，一鸣惊人，他无意中写就的一块石碑，竟然得到无数人的临摹。这些事情，在李商隐幼小的心灵中，落下了极其深刻的烙印，小小年纪，隐然就有了风雅之气。

读书人最崇尚这种气质，所以在众多学生中，李商隐是最得先生看重和精心教授的学生。堂叔的教学，充满了儒家复古意味，李商隐虽然尊敬先生，却并不代表他没有自己独立的思想。早在学堂学习时，他就已经表现出了自己对儒学不愿附和与独立的精神态度。先生曾在课上提及说：元结的文章写得最好，可是有一点却是为人诟病的。学道必求古，为文必有师法，元结为人诟病，就是因为他没有“师法”这一点。当时文坛上占据霸主地位的是韩愈发起的“古文运动”，这个观点，自然也无人敢反对。

只有李商隐，在座上毅然而起，侃侃而谈，反驳先生的言论——若是所有人都学古师法，那么老师们又是如何进行创新的呢？他的观点新鲜而有理有据，这位平日里寡言安静的少年，此时滔滔不绝。他的身体里仿佛住着另一个激烈鲜活的灵魂，这令他脱胎换骨，几乎是所有的人都对他刮目相看了。

我们应该感谢命运，让李商隐遇上了一位有风骨，却并不迂腐的先生。世界上总是有那么多容不得反驳和错误的老师，毁灭了多少少年曾热血自信的心。我不敢想象，如果当时这位先生勃然大怒，甚至当着所有学生的面斥责义山，后世的我们，还能否见到惊才绝艳的李商隐，还能否读到字字珠玑的诗篇。要成为流芳百世的诗人，谈何容易，最先拥有的就应该是独立的人格、思想，以及灵魂。幸运的是，当义山由座而起，侃侃而谈时，他的先生颔首细听，最后含笑凝视，一如相识多年的老友。

他们是师生，更多的，则是朋友，无须讨好奉承，谁都不需要为谁迁就顺从。

在学习古文的同时，义山亦在先生的教导下，开始写诗。成为一名文人，并不简单。最起码的诗词歌赋，必须要能拿能放，若是再高端一些，就应该像王维一样琴棋书画，样样精通，这样才能让别人夸上一声才子。因为杜甫的诗，最是沉郁顿挫，古风隐然，先生最推崇的诗人便是杜甫。受到先生的影响，义山亦是十分喜欢杜甫的诗，尽管他同样喜欢李白和王维，然而杜甫的诗，却是他耳熟能详，纵使倒背亦能如流的。至于元稹和白居易，从一开始，他就不是十分喜爱。

这并不是说元白的诗就算不上好，其实他们的诗浅显易懂，亦是作得极好。只是每个人都有自己的喜欢爱好，有人喜欢婉约风流，有人酷爱清艳淡雅，也有人喜欢高唱“大江东去”，用自己的喜好来界定作品的好坏，那原本是世界上最不靠谱的事情。义山自幼不爱元白，无非是说明他不甚喜爱平直的诗风，这跟他后来的诗风，是对得上号的。

如果说有哪个诗人，是他最难忘的。我想，他应该会回答“李贺”。那过早就离开了人世的年轻诗人，用他的心血浇注了唐诗里最瑰丽璀璨的篇章，尽管他只走过了短暂的二十余年的人生。然而，这二十余年的岁月，已经足够繁华。泱泱的人世，有人活了百余年，却抵不过有些人，如同蜉蝣，朝生暮死，却活得如夏花一样灿烂，秋实一样丰硕。显然，李贺，就是后者。都是李氏家族的人，李贺的祖上亦是皇室宗族，在漫长的历史长河中，同样被烟尘掩盖了浮华，逐年流落平凡。他比义山只早出生了二十余年，却过早地仙游而去。

很难想象那是怎样的灿烂辉煌，如果他不曾早逝，他与义山，一定会有相遇的机会。那场相遇，应该是一次丰美的盛宴，诗的盛宴。

同样都是才华横溢的诗人，同样都以驰骋奔腾的想象，创造出无比奇美的神境，如同漠漠黄沙里，忽然显现的海市蜃楼。那一定，如同百年前李白和杜甫的相遇，是足以载入史册的一次相遇。

只是一切假设都只是如果，义山不曾拥有向李贺讨教的机会，而我们也无法看到这种好比“华山论剑”的邀约，一切都是梦想，一切都是虚妄。李贺有一个胞姐，嫁到了荥阳城郊的一个士族家庭，义山曾随着堂叔前去拜访——不能走进梦想，那么触及梦想的边缘，总归是一种安慰。那个逐年老去的妇人脸上，被生活磨平了少女时期的心性，却依旧保留着淡淡的书香，这令她看上去高贵而出众，那是时光不能带走的，不论多么漫长的时光。

她向义山讲述亡弟的陈年旧事，已经太久没有人与她一同回忆往事。人们都是那么善忘，浑然遗忘了深刻的伤痛，会是怎样亘古地留在亲人的心中。她像是在找一个宣泄口，突然那样清晰地回忆起亡弟的每个细节，用她所能想到的最好的词语，来向义山描绘一个早夭而多才的诗人。幽深的巷陌，蜿蜒伸入更加幽深的远方，古老的榕树上，细碎的阳光斑驳地落下，他们坐在悠长悠长的巷陌，一人回忆，一人倾听。

他们是多么相像啊！

或许，当时的义山，某个瞬间，也曾有这样的念头飘忽而过。他们，都出生在家道中落的名门望族，都过早地失去了父亲，家中都有寡母姐姐和幼小的弟弟或妹妹。千年后的我们，却可以知道另外一个共同点，他们都是那样的诗情横溢，才华出众。命运，却都是那样颠沛多舛。谁能告诉我们，这不过是一种巧合，不关乎刻意的宿命？

况是青春日将暮，桃花乱落如红雨。

劝君终日酩酊醉，酒不到刘伶坟上土！

——李贺《将进酒》

薄暮日光，身着青衫的少年静静坐在无声的长河之畔，尘埃和流水，萦绕在他的身侧，如影随形。他翻着那些或明媚或凝重的诗章，回忆那些漫长而灿烂的过往，眷恋那些生活在旧日时光里举重若轻的人。他的心头，忽然蒙上了一层似有若无的忧愁，如同轻纱弥漫，轻烟飞舞。他并不能预知自己的未来，所以不能知道，未来的自己，也将会走上像他所敬佩的人一样的道路，然后成为同样令人着迷的传奇，令后人不断地，不断地追寻。

烟波更迭

我是一个喜欢安静和等候的人。

或许，这对于许多人来说，是一种不够向上和进取的人生态度。可我就是那样固执，固执得有些可笑，总以为独自漫步在细碎的林荫下，是一件温暖到美丽的事情；花费多年的光阴去等待一个或甜美或虚妄的果实，亦是一个足够骄傲和虚荣的故事。

人世间，喧哗太多，平静太少；激流勇进太多，安然等待太少。

并不是说，我讨厌繁华和争取。金碧辉煌的宫殿那样灿烂，又怎么会令人生厌，不过是红尘三千，独爱一瓢清静。薛宝钗的八面玲珑固然好，可又有谁能否定林黛玉孤高清绝的美。我想，喜欢安静，喜欢等候的人，一定是，能够耐得住寂寞的人，转换了时空，也不会惊慌失措的人。

从前，很喜欢周作人的《苦雨斋谈》，其实我亦十分浅薄，不过是喜欢这四个字，有淡淡的书卷气，也有淡淡的孤傲气。人间的雨，是苦的，而人间的书斋，却是可以纵横言说的。周作人那时的苦恼，我们已经不得而知，然而人间的苦恼，总归是数不胜数，烟波不平的。多数时候，我们无法控制命运的延伸，除却等待，我们只能保持一颗安静的心，不为外界更迭的风云所迷惑，也不在离乱的人世迷失了原本的纯真。

总要有一样，能够验证当初纯粹自己的东西。

而命运之于义山，实在太不公平。当他在书海中徜徉，寻求唯一的快乐时，母亲却决定，卖掉荥阳的祖居，举家迁往洛阳。这自然是为了两个儿子的前途考虑，荥阳虽然衣食无忧，然而东都洛阳堪称是当时的国际都市，对于孩子们的前程，自然是后者更加举足轻重。这个决定，亦是堂叔的建议。

虽然这位风骨铿锵的堂叔，固守着心中的天地，宁死不肯踏入官场一步，可是，对于族中子弟的仕途前程，却是十分看重的。尤其是对于天资聪慧的李商隐，这个孩子自幼聪明而有主见，日后必然会成就一番事业，他一向是对他寄予厚望的。于是，长庆三年，或许那是一个春风和煦的清晨，草叶上的明珠还不曾返回天空，而远行的一家人已整装待发。他们是在那个时刻，挥手告别了朝夕相处的亲人和朋友们，又是在那个时刻，踏上了只属于他们的行程。未来仿佛是觉得自己面目可憎，隐藏在黑暗中，不肯露出真容，他惴惴不安地掀开车帘，期待和恐惧相伴相生，可是他别无他选。

居住在洛阳的日子，并非像理想当中的一帆风顺。至少，在经济上，他们困窘无力。唯一的生活来源，是远在他乡的二姐和姐夫，省吃俭用，每个月捎来的微薄钱财。米缸渐渐见底，而母亲越发愁眉不展，身为长子的义山，再也无法两耳不闻窗外事，一心只读圣贤书。安家治国平天下，若是面对小小的家庭都无能为力，何谈家国天下？可是，柔弱的书生，肩不能扛，手不能提，又能为这个家做些什么呢？

多年的苦读，他已经写得一手的好字，俊秀而见风骨。于是，就有热心的街坊推荐他去帮人抄书。这样的职业仿佛也只适合读书人。刚开始，一心只想儿子上进的母亲并不同意，是义山自己劝说了母亲，说抄书的同时，还可以阅读大量的书籍。唯有这样，母亲才有所退让。他抄的书，字迹清秀，速度又快，逐渐就在周围积累起了信誉，他抄书的报酬，也改善了家里的生活。笔墨书香里，这个少年伴着烛光渐渐成长成温柔安静的青年，书香将他的性格熏陶得越发温和，而烛影，将他的心性磨砺得更加柔弱，而多年漂泊在外的生活，又令他小心谨慎。

若是生活一直这样波澜不惊地流走下去，未尝不是一种圆满。

然而，不久之后，从远方传来了亲人的噩耗。千里迢迢而来的旅人，带来这个悲伤的讯息，年迈的母亲即刻昏厥在地，而年幼的弟弟也忍不住失声痛哭，唯有身为家庭支柱的他，怔怔地站着，不敢信，却不能不信。他已经失去了太多亲人，两个姐姐，还有如同天地的父亲，而这次，轮到了他的三姐，那个善良而温柔的三姐。

恍然之间，他仿佛是笑了。其实，同命运悲惨的二姐相比，三姐已经十分幸福，至少她嫁给了一个同样善良的夫君，虽然他的家庭同样清苦，却始终善待她，也善待她的家人。他们一家人能够举家搬往洛阳，并且生活下来，不乏这位姐夫的资助。愿得一心人，白头不相离，这个古老的誓言，三姐已经完成了一半，只是没有走完另一半的福气。

那是宝历二年。义山失去了他仅剩的姐姐，而大唐王朝，迎来了它的另一位皇帝。上一位皇帝敬宗，死在诡谲的宫变之中。当烈火和鲜血染红了整个大明宫，手握大权的宦官们让绛王李悟代理监国。经过几轮政治力量的角斗，最终被拥立为帝的是敬宗的弟弟李昂。而最初的帝王，被湮没在历史的尘埃里，车轮碾过，徒然令后人感叹。没人惋惜他的死于非命，这位喜怒无常又挥金如土的皇帝，得不到任何人的怜悯与追思。只有李商隐，在历史中，发掘了其人生的轨迹：

七国三边未到忧，十三身袭富平侯。
不收金弹抛林外，却惜银床在井头。
彩树转灯珠错落，绣檀回枕玉雕锼。
当关不报侵晨客，新得佳人字莫愁。

——李商隐《富平少侯》

作这首诗时，义山还只是位年轻的男子，然而过于残酷的命运，令他过早地就拥有了睿智的眼光，和敏锐的心思。这初试牛刀的作品，就显示了他绝高的才情，与旁人无法拥有的特色。在以后的时光中，他写得最多的也是七言古诗，以古写今的题材写得精彩绝伦，这亦是他在抄书养家的生涯中所获益的。史书上的典故和其出处，他几乎都是耳熟能详，了然于心，这也成为了他后来一个显著的特色，那就是用典。或许，他是唐朝所有的诗人当中，用典用得最好的一位。

那些年，年轻的诗人写了不少忧国忧民、家国天下的诗篇。那些热血铿锵的字眼，是熊熊燃烧的火焰，逐渐照亮了晦暗不明的天空。或许，就是因为那些沸腾的字眼，与当时许多士子名流惺惺相惜，心灵相通，李商隐，这个优雅清峻的名字，开始流传在东都洛阳的文人们的口中。洛阳，那个古老的城市，总是充满各种风流逸事和集会酬唱，小有名气的义山，也渐渐成为了这些宴会上的座上宾。

然而，他一直是柔弱寡言的，不论席间有多么热闹，宾主尽欢，高谈阔论，他却总是沉默地坐在属于他的位置上，除却一些必要的言谈，便一言不发。他并不是天生就能够聚焦全场、光彩夺目的人，却始终能够正视自己，从生活的点点滴滴里，汲取自己想要的思想。见识的开阔和各种思想的激烈碰撞，使他渐渐脱胎换骨——纵使从外表上看来，他不过依旧是一个才华横溢却沉默寡言的年轻人，然而在骨子里，他却明白了一些更重要的道理。

那是一种默然无声的潜移默化。从前的李商隐，以为只要有学问，就可以治国安邦，辅佐明君，然而这条路实际上走得并不顺利。空有满腹才华，如果没有识得千里良驹的伯乐，他这颗明珠，也只能埋藏在幽深的海底，等岁月漫溢，沧海横流。

在唐朝，流行一种在我们后人看来，十分奇妙的习尚，这种习尚，能够让一些心怀天下的士子梦想成真，然而大多数士子，往往徒劳无功。这种习尚，叫作行卷，也称作干谒。就是在参加科举考试之前，将自己所写的诗文，献给朝中掌权的臣子或是皇室中的权贵，以求获得他们的欣赏，对不日之后的科举，有所帮助。

这样做的唐人并不在少数。当年风姿俊逸的王维，就曾在玉真公主的宴会上，以一曲《郁轮袍》受尽青睐，从而顺利地蟾宫折桂。看似潇洒不羁，浑然不将仕途放在心上的李白，也曾拜谒过许多权贵，其中还写诗称赞当时掌权的韩朝宗说：“生不用封万户侯，但愿一识韩荆州。”纵使是一再强调自己最厌恶的就是“干谒”一事的杜甫，再觉得耻辱，可为生计所迫，也一样奔走在绿瓦红墙之间，以求一夕安宁。

这些闻名天下的人，在传说中，仿佛成为了心中最亲近与熟稔的事物。义山心中，最向往的，不是王维的绮年玉貌，也不是李白的千金复来，却是关于白居易的另一个故事。那位诗风浅近的诗人，排却数度山水，从千里之外而来，来到风华绝代的长安城，作为自幼素有才名的年轻人，他选择拜谒当时诗名满天下的顾况。然而这位老诗人，却仿佛是外貌协会的忠实成员，一见到其貌不扬的白居易，当下便说：长安米贵，居可不易。亦是在讽刺说，长安这个地方人才济济，你有什么才华令你如此有信心，在这个地方出人头地？白居易从容一笑，吟诵了一首《赋得古原草送别》，就是那首“离离原上草，一岁一枯荣。……”。顾老诗人顿时刮目相看，甚至改口说：有此好诗，居亦容易。从此白居易在京华一举成名，更是得到了顾况的大力推荐，仕途虽有坎坷，可总而言之，却是一帆风顺的。

义山所想的，也不过是能如同白居易一般，遇上属于他的伯乐，不鸣则已，一鸣惊人。未久，他回乡拜见自己的启蒙老师，叔侄久别重逢，彻夜长谈。窗外，起了长长的风，如同是谁绵长悠远的呼吸，永远不能停息。他向自己的堂叔兼老师，说出了心中的理想，他是多么想要伫立在青史上，成为永不被遗忘的名字，他亦是多么想为这个逐渐凋零老去的国家做一些事情，使其重现盛世的光辉。

堂叔静默地望着已经成人的侄儿，目光悠长而透彻，仿佛并不是看着眼前真实的年轻人，而是透过他，看到了多年前，意气风发的自己。他几乎忘记了当年的自己，也曾如此激情飞扬，气壮山河，以为一切都能够被自己掌握在手中。他已经老了，亦明白世事艰难，最后能握在手中，留在身边的，不过是一片虚无。

可年轻人的梦想，值得守护。

最后，他将义山引荐给了在朝中为官的亲戚崔戎。崔戎虽然十分欣赏李商隐的才华，然而他在文学上的造诣却并不深，于是就为义山推荐了另一位老师——令狐楚。此时，令狐楚身在汴州。那个风雨潇潇的时节，满怀着希望的义山，踏上了梦想中的道路，他不知道结局会是如何模样，却始终知道，没有尝试的人生，才是真正的晦暗。

世事，大约也是如此。

梅影笑倚

昨日紫姑神去也，今朝青鸟使来赊。

未容言语还分散，少得团圆足怨嗟。

二八月轮蟾影破，十三弦柱雁行斜。

平明钟后更何事，笑倚墙边梅树花。

——李商隐《昨口》

一直在追寻，一段真正的爱情。这种爱情，仿佛是雨后的落花和薄暮里的山岚，总让人觉得虚无缥缈。故事里的生死相随，太遥远又太梦幻，现实里哪有那么多的爱恨痴缠，生生死死，能够纯粹地遵守的生生世世的誓言。可这种飘忽如梦的情感，却是一直都存在着的。未曾遇上，并不代表它就是无影无踪的，其实身边，也有许多动人的故事，或许，应该叫作事实。

TVB拍过一部名叫《天梯》的电视剧，故事发生在20世纪50年代，剧中的男主角比女主角小近十岁。世俗里寻常的男男女女，大约是无法接受这样的差距的，故事里的人，亦是这样觉得。世俗的压力是滔天的海，真心相爱的恋人选择了幽居深山，不问世事。深山虽好，长久的独居未免冷清寂寞，偶尔探访红尘，这样的生活仿佛更加真实可信。深情的男主角，为了挚爱的女子，花费了数十年的光阴，终于用一双手，生生开辟出一条从深山到尘世的道路——6000多级的台阶。当世道转换，尘封的错误已经不值一提，年少的人们觉得这段往事如此烂漫缠绵。这个关于真爱的故事，终于被认同和铭记。而此时，他们都已经是白发苍苍的老人。时光老去，爱的记忆却永远鲜活，承载这份爱的天梯给世人留下了一段感天动地的爱情神话。

后来才知道，这个故事实际上是确有其事。在剧情完结不久后，现实中的女主角，也匆匆告别了尘世。我不知道她是同深爱的恋人团聚而去，还是不愿意独留自己在人间。这是一个需要回味和守候的故事，如同世间所有的爱情，都需要温柔的回忆和寂静的等候，不管是曾经拥有，还是天长地久。

我总是觉得一段美好的感情，就算最终的结果是苍白和虚无，淡淡的回忆里，依旧是夹杂着喜悦和甜蜜的。李商隐，和那个如同仙子一样的女子，宋华阳，他们初遇时，一定也是雀跃着许多隐隐的美好的，那是爱情最初的模样，纯粹，干净，洁白，没有交杂的利欲，也没有日后的苦恨怨怼。

这份深深镌刻在义山心底深处的爱，最初的源头，还要追溯到那场寻梦的旅程。当他踏上前往汴州的路途，怀着纯真的期待，和以为梦想即将成真的欢喜，他不知道，汴州之行将会是一场空妄。上苍大方地给予白居易的，并不意味着也同样大方地给予他。漫漫的人世，就是这样的不公允，之于旁人唾手可得的事物，在另一些人的身上，却奢侈又珍贵，穷尽一生苦苦追寻，都不见得能够如愿以偿。

李商隐并未在汴州遇上令狐楚，命运开始戏耍这个温柔沉静的年轻人，令他怀梦而来，失望而去。这场梦，一直到两年后，才得以圆满。而此时，生活的变故，已经令当年还有意气风发的影子的年轻人，心静如水，波澜不惊。如师如父的堂叔的逝去，令他隐约看破了人世，而同永道士的相知相交，令他走进了一个奇妙的世界。对现世的功名利禄，他已看淡。于是我经常想，如果不是当年汴州的那场错过，还会不会有如今我们所能看到的义山，和他流丽朦胧的诗句。

或许，他会成就那时的梦想，成为一个足够清廉和正直的官员，以他的才华挽救逐年颓落的大唐，以他的睿智挖掘更多俊秀聪慧的才子。或许，历史会更改容颜，浑然不是我们现今背诵的模样。毕竟，令狐楚，善文，贞元七年中进士，官至侍御史，文采斐然，著作等身。若是在合适的时间，遇到合适的人，命运的轮盘，或许就全然不同。

可命运总是充满了错过，仿佛那是从一开始就写就的书，容不得一丝一毫的更改。再不甘心，也要走完所有的流程。两年后，李商隐和令狐楚的相遇，也算得上是倾心和一见如故，令狐楚也像堂叔所预计的那样，对这个惊才绝艳的少年赏识有加，当即收了他当弟子，要求义山随同他前往他的府第，继续深造，日后或许能够成就一番事业。当时堂叔病重，孝心甚重的义山不忍违背孝义，希望能够留在堂叔身侧悉心照料，这个恳请得到了令狐楚的赞同，只是谁都不曾想到，命运就在此时，又转了一个弯。

堂叔的逝世，使义山感到了生命无常。苍穹和宇宙的力量是那样无边无际，人在这样的沧海里，是怎样渺小微弱。他的心，温柔而敏感，这样的人总是多情又柔弱，像是清明的白月光，优雅迷离，却无法从容抵挡深夜时分的暴风骤雨。他发觉自己陷入了仿佛无止境的悲伤里。他并不是没有经历过亲人的离去，然而父亲离去时，自己尚懵懂不知事，早逝的姐姐们虽然个个都善待他，却并非一直生活在一个屋檐下。堂叔却是自己生活和学习上的引路人，没有这位先生，也就没有今日的李商隐。

悲伤与痛苦无处排解，他只能沉溺在书海里，只有在此时，他才像是一个溺水的旅人，兜兜转转，终于寻到了合围的浮木。他久溺在幽深的海水里，偶然间翻到了永道士送给他的《神仙可学可致论》。该怎么形容义山与道教的关系，这是一场缘，抑或是一场孽？红尘世外，五行阴阳，这些看似灵异的文字，却拼凑成了一个华美飘逸的世界，他无意中触动了进入的法门，便被深深吸引。是缘是孽？是清池里一枝亭亭白莲，还是永受痛苦的地狱？那是命中注定的劫，或许就是为了成全他和那场爱的相遇，为这段没有结果的情布一场瑰美的景，在飘逸纯净的玉阳山。

李商隐来到这里，是为了寻觅清静的韵致。他以为，他来到了世外，却没想到，走进了红尘。暮春时分，谷雨过后，整座青山都被朦胧的雨气包裹，布衣简行的年轻人不疾不徐地行走在蜿蜒的山路上，四周翠意似乎如雨，仿佛顷刻就要滑落。翠色深处，依旧有丛丛浓郁鲜艳的红，或深或浅。年轻人停下了行走的脚步，像是记起了一句诗："林花著雨胭脂湿，水荇牵风翠带长。"忧思满怀的杜甫，也曾写过这样明媚娇艳的句子，年轻人不由得也微微弯唇，眉目柔和。

不远处的喧哗声，渐行渐近，脚步沉沉而并不纷乱。他猜测，或许是有山脚下的大户人家上来进香，他侧过身，青碧的山木隐去了他的衣冠。转角，细雨蒙蒙，香罗华轿渐渐露出真容，山色的美好，仿佛惊动了轿中人。纤细洁白的手指挽起柔软的车帘，露出一副美丽的容颜，仿佛是看到了退让的年轻人，美丽的女子笑意十足，如同杏仁的双眸仿若星辰，自有一种骄傲任性，却是那样鲜活明媚。

那个自幼沉溺在书海中的年轻人，一定没有见过这样灿烂潋滟的女子。他所能接触到的异性，包括母亲和姐姐，都是温柔贤惠的女子。或许，那一刻，他听到了自己心跳的声音，剧烈而不可抑制，仿佛即刻就要从胸膛中雀跃而出。他就那样痴痴地站立在路边，任由雨水沾湿衣襟，杏花飘落在发梢。

多年后有个叫秦观的词人写道："金风玉露一相逢，便胜却人间无数。"

李义山和宋华阳，在最美好的年纪，遇到了最美好的彼此。他是金风，她则是玉露。这是一场命中注定的缘，注定他们各自从各自的家乡，千里迢迢地奔赴而来，只为让这段情缘悄然滋生，如同雨后春笋，狂风暴雨，依旧无法阻挡彼此相恋的进程。

后来好友永道士告诉他，那是西玉阳山的灵都观新来的女冠。为着随公主修行，她被送上玉阳山，陪伴公主清修。唐朝多有公主出家修行，一生清静尊贵，玉阳山上的灵都观，就是当年的玄宗为了自己的妹妹玉真公主而修建的。而随同公主出家修行的侍女，一般比观中寻常的女道士，身份更加高贵。

可是，她们也是寂寞的。如花美眷，一个个都是芬芳盛开的年纪，将韶华付与一轮明月与烛火，并非心甘情愿。她们还有爱，还有情。谁能阻挡这种情意的滋长，谁又能说此恨不关风关月？她们在香炉上添上一炷香，慢慢燃尽的，不是那炷凄凉忧伤的香，而是她们自己洁白瑰丽的年华。那么好的良辰与美景，消磨虚度，又是怎样可悲的事情！

我坚信，相遇的瞬间，义山和华阳，都走进了彼此的心中。一见钟情是虚幻的事情，而在诗意的世界里，一切都有可能发生。

他爱上了她，而她也记住了那个痴傻清秀的年轻人。他们相遇在暮春的雨季，用彼此最好的时光，铭记住了彼此。

相思谁诉

相爱和相思的时光，都是甜蜜的。不论相思难熬，抑或爱得痴狂。一向隐忍少言的义山，如同所有陷入爱河的人，恨不得将世界上所有的甜言蜜语，都轻轻讲给她听。于是，也写过不少直白入骨的情诗，痴迷缠绵，为之生，也可以为之死。

天上参旗过，人间烛焰销。
谁言整双履，便是隔三桥。
知处黄金锁，曾来碧绮寮。
凭栏明日意，池阔雨萧萧。

——李商隐《明日》

这样的花前月下，缠绵情意，不知是谁能成为其中的女主角。若能心灵感知这份情，鬓角的花便能悄然染红一侧俏生生的容颜。

年轻的诗人翻来覆去，写了无数相思诗词。可空有锦绣才华，鸿雁鲤鱼，却无从寄出，他甚至不知道她的名字，她的身份，他只记得她骄傲却灿烂的一笑，她却不知还记不记得当日那个痴傻沉迷的小子。平生不会相思，才会相思，便害相思。无数个清凉安静的夜晚，他辗转难眠，萦绕在脑海中的，始终是那娇俏逼人的笑颜。

情，当真不知因何而起。苦苦思索，却一直得不到答案。或许，是清冷的雨季里，温暖了心灵的一个笑容；或许，是凄冷的雪夜里，一个如同火焰骄阳的回眸的眼神；或许，是上苍赐予的命中注定。追寻没有意义，思索也没有答案。百年修得同船渡，千年修得共枕眠。古老的民歌是这样唱的，义山想，他们前生的缘分是否已经足够，足够此生换得一次共度？自从初遇之后，他再也没有见到过那个明媚如火的女子，在心中鼓励他的，不过是一个信念，他一直坚信，如果没有后续的缘分，又怎么让他在那一刻，遇上她？

他的等待，并没有成为虚妄。不久，他在大殿上，见到了心仪已久的女子。她随着灵都观的人前来，身着道袍，青丝高挽，却越发清贵出尘，飘逸如画。他预感到自己的沦陷，清楚地知道自己这次决不可以让机会再度白白流失。他将缠绵滚烫的情诗写在丝帕上，请小道士转交给心仪的女子。而她偷偷展开丝帕，才看了一眼，便瞬间收拢紧握，那样痴迷的诗句，再清冷淡静的人，看了恐怕也要耳畔发热。她悄悄地往外看了一眼，正巧对上了年轻人明亮的双眸，不由得脸红心跳。其实，她也记得那个清秀的傻小子，一直记得。

当她跟着一行女冠从殿中出来时，她故意走慢几步，渐渐落在众人后头，义山尾随而至，两人终于得以相见。这次相见，跟上次是截然不同的。那次初遇，此后各自相思，这次相见，却是各自欢喜。她落落大方，明快地说出了自己的邀约："哎，傻小子，我叫宋华阳，中元节那天，你记得来灵都观。"他连忙点头，将她的字字句句都深记在脑海中，不敢轻易忘记一字。此后的时光，每一个瞬间的眼角眉梢，流转的都是甜蜜和欢喜，如沐春风，如临仙境。

只是为了情人这句话，此前再多的相思之苦，都变成了甘甜的回忆。一切经受的苦难，都被她的笑容抹平，而未来，仿佛还有更多值得憧憬的美好。他站在古老的青松下，细思三生，只觉得一切都是那样灿如星辰，每个流转的思绪，都同恋人密不可分。

初浴爱河的人，或许都是这样痴傻可爱。觉得自己会一生一世，情深如海，情如磐石，坚定得再无转移。而经历过沧桑人世的人，就会知道，没有一段爱情能够永远存在，科学上也早已证明爱情只是荷尔蒙的分泌过程，至多维持几年的时光。可是深爱着的人们，只觉得这些都不重要，最重要的是我中有你，你中有我。

相爱的个中滋味，只有爱着的两个人才了解。始终好奇，那些能够将异地恋圆满走到终点的恋人，需要多少勇气和多少信任，才能将一腔相思，都尽付明月，才能将所有的犹豫迟疑，都变成前行的动力？其实所有的勇敢和相信，都源于真挚的爱。

当日相见的情景，不断在眼前浮现，来聊以安慰一腔相思的情意。日光被拉得那样长，像是一个格外加长的镜头，每个细节都要细细临摹。义山辗转又辗转，终于熬到了中元节那一日。这是道教十分重大的节日，整座玉阳山都沐浴在喜庆典礼的气氛之中，山上有盛大的法事，对于道士和女冠的约束，亦有所放松。

他走过青翠的山林，涉过清澈的溪流，穿越过重重的人群，无声无息地走进了玉阳山上的灵都观。而他朝思暮想的恋人，早已在此等候他的到来。小楼清风，月色如流，轻纱绿裙的少女俏生生地立在水边，他莫名就想起了《诗经》当中古老婉约的句子：“所谓伊人，在水一方。”他看到的，就是洛神，就是水中遗世独立的仙子，就是这个世界上最珍贵最美好的存在。他用所能想起的所有美好的字眼，来形容她，他觉得，自己跟幸福的距离，已经是那么接近，而所有的不愉快和伤心难过，都应该被遗忘。

他鼓起勇气，握着她的手。柔软洁白的手指，终于在这一刻被紧紧握住。这一刻，他已经等得太久，而她也似乎在梦里遇见过太多次——却是第一次，能够感受到这份真实的温度。微凉，又滚烫。微凉的是手心，滚烫的却是胸腔中的那颗心。素日沉稳安静的年轻人，在恋慕的情人面前，第一次知道原来自己还可以那样滔滔不绝。他将书上有趣的小故事讲给她听，孟光和梁鸿，司马相如和卓文君，都是天长地久的恩爱故事。他似乎忘记了“词穷”这个词，不断地讲着，讲着，仿佛只为博得她的展颜一笑，心里就可以满足到极致。

心有灵犀，心心相印。那些美好的词语，在过往的日子，是自己不可以奢求和梦想的，却在此时真真切切地拥有。然而，美好的夜晚终究会消亡，太阳会升起，夜露会逝去，一夜的相约已经太奢侈，奢侈到义山和华阳，都不敢放手。不敢放手，最终却依旧要放手。月色西沉，朝阳露出金碧辉煌的衣角，他们如同从虚幻的美丽世界中，返回到现实的时空里。她黯然抽手，如同被什么灼伤了肌肤，她的眼角流露出淡淡的忧愁——那些美好的誓言，明明知道无法成真，她是灵都观的女冠，此生此世，都要长伴于青灯与古佛旁。

都说我佛慈悲，却不见得，普度众生。我道，亦是如此。

像是看出了恋人心中的忧伤，义山柔声安慰：“我听说，也有女冠还俗成亲的说法……”其实那都是无根无据的传说。一入宫门深似海，能够从宫门中脱身而出，来到这座青山里，已经算得上是前生积福，更何况，还遇上了心仪的男子。她不应该奢求更多。想到此处，华阳粲然一笑，拿下了手中的金手镯，当作定情的信物，送给身侧的恋人。他们任是谁，都知道此去一别，不知相见之时，会是何年何月。金手镯虽小，却可以凭借此物，寄托相思意。

虽然同在一座山上，他们并不能够时常相见。每分相见的时光，两人都极尽缠绵，因为他们都不知道分别之后，下次何时能再相见。爱情的美妙，是能够令一个人迅速成长的，只因为心里有寄托和牵挂，同时也有了为两个人的未来而奋斗的目标。所谓爱情路上的正能量，或许就是指此。经历挫折，经历风雨，经历逆流成河的痛苦，也不曾畏缩和后退。

他偷偷给她写情诗，用所有华美到极致的诗句，描摹这场轰轰烈烈的爱情。他说：“人间桑海朝朝变，莫遣佳期更后期。”他夜深未眠，披衣而起，坐在月光滑落的阶前写道：“偷桃窃药事难兼，十二城中锁彩蟾。应共三英同夜赏，玉楼仍是水精帘。”这首诗的题目叫作《月夜重寄宋华阳姊妹》。爱情的力量，仿佛让这个年轻诗人浑然换了魂魄，他多情而专情，敢于将心中的所思所想，都勇敢表达出来，说给爱着的人听。

这是需要勇气的。

诗人，是这个世界上，情感最丰沛的人之一。而爱，是他们生存的本能。在遇上宋华阳之前，义山以为，自己应该是一个顶天立地的男子，是母亲和幼弟的依靠，是族人们的殷切希望，是能够站在城墙的顶端，振臂高呼的人。他喜欢写诗，大多数却是在历史的流年里，发现题材，借古说今。这些诗歌，当然是极好的。只是，总是没有后来温柔哀伤的情诗，来得真切动人，哀婉忧伤。与宋华阳的相遇，则让他看到了另外一个世界，一个属于爱情的绮丽的世界，他在这里，如鱼得水，将自己的满腹才情，化作了秀美诗句。那是他源源不断、永不干涸的灵感之泉。

天意弄人，这段缠绵的情事，终究要告一段落。不久，宋华阳怀孕了。被发现后，上头降旨将其遣返回宫。这个消息，如同晴日里一个声势浩大的霹雳，一下子将他的五脏六腑都震得痛楚不堪。此前，都不过是短暂分别，而这次的分别，他不用预知，就能够知道日后的相见，有多么艰难。他们又该用什么，来维护这份情？

九月，秋分。

宋华阳的马车随着浩大的车队，离开了玉阳山，走的依旧是来时那条道路。宝马香车，拥簇如云。她秀丽的身影，埋藏在潮水一样的人群中。不知道，她有没有抬起头，睁大盈盈的双眸，私下搜寻温柔多情的恋人的身影；有没有回忆起不久前，那个山径旁眸色幽深、神色宁和的年轻人？那时，她不知道他将会是她的劫，他也不知道他们会有一日，各奔东西。

碧城十二曲阑干，犀辟尘埃玉辟寒。
阆苑有书多附鹤，女床无树不栖鸾。
星沉海底当窗见，雨过河源隔座看。
若是晓珠明又定，一生长对水精盘。

——李商隐《碧城·其一》

这首叫作《碧城》的诗，写在两人分别之际。碧城，一座碧绿如翡翠的山城，困住了他最初的爱恋，也锁住了他最初的相思。他隔着万丈的红尘，凝望她遥遥而去的身影，关山万里，一别恨长。

没有爱的碧城，是一座空城。

第二章 知遇伯乐识明珠

此去经年

那是四月的一个薄暮。

夕阳褪去了如火的骄傲，西边的浮云被染成了珍贵的绮罗，不知名的古道上，独归的年轻男子，影子被拉得很长，很长。那是一个秀气得近乎柔软的年轻人，他没有将胡子蓄起，也不曾故意将衣服弄得陈旧而潦倒。他是一个干净也和气的年轻人，也是一个沉默和忧伤的年轻人。

他的身上，有一种与年轻很不相符的哀伤。这令他看上去有些沧桑，只是沧桑，不是苍老。不知道这种哀伤的意味从何而来，是哀悼那份久别得几乎就是失去的爱情，还是因为亲密的人一再地不辞而别。他温柔的双眸里，还留着隐约的泪光。虽然都说男儿有泪不轻弹，可是这样温柔的人眼中温柔的泪光，却只让人觉得怜惜，尽管那是一个坚韧的男子。他走的这条路，是从堂叔的坟茔上归来的小路，刚刚结束的那场拜祭，令他想起了那段诚心受教的时光，也令他回忆起了许多纷乱却珍稀的往事。

玉阳山，已经走进了他的回忆里，成为往事的一个部分。他几乎忘记了，自己是从哪个节气，离开这座给了他爱，又给了他痛的山城。

过往，恍然如梦。分别之后的时光，也犹如梦境，他浑然不知，直至收到令狐楚的来信。这位老师觉得他的弟子在山上，已经停留了太久的时光，他不忍心看着他的才华就这样隐匿在幽深的山林之中，默默无闻。他固执地觉得他应该有一个更高远和广阔的天地。这封信，就是要求他即刻下山，随他前往洛阳修学的。

没有爱的玉阳山，已经没有太多值得义山留恋的东西。知交永道士，倒是与其感情深厚，可方外之人，早已看破红尘，反倒劝他应该尽早下山。难得令狐楚大人对他倍加青睐，有了这份垂青，想必日后的仕途，也能顺畅一些。如此良缘，实在不应该放弃。

于是，义山离开了那座爱恨嗔痴泱泱繁繁的山城，开始了他另一段全新的人生旅程。在他离开家的那段时光里，家中的老母和幼弟，受到了令狐大人的接济而生活得安然无恙。他更为感激对方的知遇之恩，虽然那也是看在过世的堂叔的颜面上，可好歹自古都是锦上添花的人多，雪中送炭的人少。

他发誓要尽心尽力跟随这位老师。因而，四月春深，他随着令狐楚一家人，离开了洛阳，前往令狐楚此次赴任的地点——郓州。那是一个地处山东西南方的古城，地势险要，它的北方是巍峨雄伟的泰山，南方则是梁山，西侧临靠黄河，东边濒临曲阜，历来就是军事要地。令狐楚算得上是个军事家，年轻时也在军中大有作为，朝廷让他镇守此地，并不是没有仔细考虑的。

总算是一路风平浪静地来到了郓州。白日，义山在令狐楚的帐中做事，起草公文或是出谋划策，到了夜晚时分，就同令狐楚的几位公子一同聆听令狐楚讲解骈文，亦是当时所谓的“今体文”。古文和骈文是两种不同的文体，韩愈、柳宗元是唐时的古文大家，而骈文是从汉代就开始根深蒂固的文体，又叫“俪辞”，骈四俪六，亦是说由四六字的句子相间而成，讲求声韵音律，用典夸张，华美而艳丽。虽然韩愈和柳宗元在一定程度上，扭转了以骈文为主的文坛风气，然而，千百年来的积累，总是难以彻底更改。唐朝官方的公文，依旧用的是今体文。

令狐楚，便是当时的骈文大家。他所写的骈文，很得当时皇帝的赏识。他将自己毕生的经验，都传授给了儿子和李商隐。初起，对骈文从未接触和毫无经验的义山，对骈文几乎是一窍不通，后来经过令狐楚的精心指导，还有自己的勤学苦练，反倒是超过了令狐楚的儿子令狐绪等人。他学富五车，天资又好，平日又是格外地勤学苦练，当真令人都无从嫉恨。

出入官宦人家，钩心斗角总是有的，但歌舞升平也总是有的。在这样的场合，李商隐的诗才就派上了用场。并不是说他的才华得不到施展，而是说，通过这个平台，他的才华被更多的人知道，了解，与赏识。

锦帏初卷卫夫人，绣被犹堆越鄂君。
垂手乱翻雕玉佩，招腰争舞郁金裙。
石家蜡烛何曾剪，荀令香炉可待熏。
我是梦中传彩笔，欲书花叶寄朝云。

——李商隐《牡丹》

这首叫作《牡丹》的七言古诗，极尽华丽。我几乎从未在李白或是杜甫的诗歌中，寻觅到如此金碧辉煌又典雅富丽的诗。年少时，曾因为这首诗的分外华美，将它工工整整地抄写在清新的小笔记本上，然后仔细背诵，时不时就用入作文里——能够在文章中引用一些诗句，老师给出的分数总是格外高。就好像面试时能有一项才艺展示，这是一件很加分的事情。

那时，我最喜欢的是那句："我是梦中传彩笔，欲书花叶寄朝云"——恍惚梦见了巫山神女，盼望她赐予一支生花彩笔，将思慕之情写在这花叶上，寄给巫山神女。只觉得李商隐这个人，当真是奇思妙想迭出，才华横溢，这样美好动人的句子，是怎样被他想象出来，然后用他的传彩笔临摹下来的？后来才知道那又是一个典故。义山总是爱用各种各样的典故，他算得上是唐朝最爱引用典故的诗人，如同这首《牡丹》，用了好几个典故，但依旧用得天衣无缝。而如今，许多他所用过的典故，已经在千百年的流转过程中失传，这未免就造成了他诗歌的晦涩难懂。然而，越是晦涩的诗，读来却越是唇齿留香。

这首诗，连恩师令狐楚都是连声夸赞，只说义山虽然年轻，却已经明白了用典的精髓，锦绣旖旎，却并不觉得柔婉匠气。不得不说，令狐楚的眼光是十分老练的，从他初见义山，就已经有所预感，这个安静沉默的年轻人，或许将会成为等同于韩愈或是白居易的又一个传奇。那纵横的才华，早已告知他这一点，而他对自己的判断，深信不疑。

时光平淡而缓慢地流淌而去，如同一首悠长悠长的歌，清静而舒缓。讲吴侬软语的女子启唇低唱，有些故事，不言自明。义山已同周围的年轻人，渐渐熟稔。相识相知，就是一件那样奇怪的事情。过去，你对这个人不甚了解，因为不了解，所以对他的某些作为，总觉得微微憎恶。然而，在某次真心的接触下，却忽然发觉过往的印象其实有些可笑，下次再相见，总有些一笑泯恩仇的意味。那些之前曾对义山莫名地嫉妒或是讨厌的人，在相识之后，却很快同他结为好友。这并不奇怪，因为他一直是一个温柔可爱的年轻人，从未因为恩师的宠爱就骄横跋扈，也从未因为自己身怀的横溢才华而轻视过谁。

素日的工作是忙碌的。然而不管如何忙碌，十天里总有一日的休沐。每到休沐时，义山同新结识的朋友们，应答酬唱，或策马出游。灿烂的春光里，一群同样灿烂的年轻人纵横在明媚的秀山长河里，有人笑着说了一句什么，立即有人接上去开了个玩笑，于是一行人各自笑得不能抑制。年轻时的友谊，是那样珍贵。年纪渐长，真心的朋友，就越是难以寻觅，偶尔有只飞过沧海的蝴蝶，却是那样渺小微弱。

不久，令狐楚将要在自己的府邸中举办一次盛大的宴会。这次宴会不同以往，令狐楚邀请了许多高官名流，更是花费了一番心思训练府中的歌伎，用以娱宾。义山久居府中，早已见过那些或美貌或娇俏的女子，她们都堪称是色艺双绝。令狐绪和令狐绹时常拉着义山去瞧歌伎们排练，调笑他，询问他觉得这些年轻漂亮的女子里，谁最好看。当义山摇头，拒不回答或是含糊敷衍一句，都十分好看时，他们便调侃说，牡丹和芍药虽都美，到底有分别，究竟是谁，生得最美？

是谁，最美？义山的目光落在院中的老杏树下，树下的女子，杏黄春衫，眸光流转，衣饰和妆容都是最简单不过，却自有一股风韵，吸引住人们的目光，令其再也移不开分毫。令狐绹一见他这般模样，便哧哧笑道："义山兄，你还真是有眼光，那是郓州城里，最出名的歌伎，家父特意请了她来，还着实费了一番功夫呢。"

令狐绹的调笑，显然是带了几分暧昧的。然而，义山对于这位歌伎的欣赏，却是纯属天然。对于美好的事物，人们未免要多留意几眼，义山的留意，并没有欲望的奔涌，不过是纯粹干净地对于美的流连。兄弟的调侃尚在耳畔，他却很快再次见到这个女子。

那是在那个盛大的宴会上，觥筹交错，歌舞繁华。有人起身吟诗，为这场声势浩大的繁华，锦上添花。诗篇虽然华美，却都是描写歌舞升平的作品，如同过眼的锦绣烟云，很快就会被风吹散而去。令狐楚望了义山一眼，希望他能从座而起，一鸣惊人。令狐绪明白父亲的心思，是给一直宠爱的弟子一个扬名的机会，日后仕途上，或许会顺畅一些。老师的希冀和用心良苦，义山不是不知道，然而他一直安静地坐在位置上，沉默淡然，仿佛四周的一切，不过是转眼消逝的昙花。

其实，他不是不愿起身，将自己的才华，展示在名满天下的客人们面前，只是他在等，等一个合适的时机。锦上添花的事情，他不爱做，他唯独愿意在合适的时机出手，只有这样，留给众人的印象，才会更加深刻。一切，都要相得益彰。

他等待的时机很快来临。琵琶声起，声声如玉碎，清亮而婉转。歌舞的高台上，仿佛有白烟笼罩，一时恍如走入了清幽的仙境。身着华裳的女子们迤逦而出，最后簇拥出一对清新出尘的仙子。一看清居右的那位女子，义山不由得微微出神，那是他在杏花树下，一眼望去就望中的女子，而且，她身上穿着的，正是他最熟悉的女冠服饰。曾有多少次，出现在他梦中的秀丽身影，就是穿着这样的衣裳，清纯而飘逸，占据了他所有的心魂。

华阳，华阳！陌上的花早已开谢了几个轮回，远去的伊人，却不知何时何日，才能在茫茫的人海中重逢。他一直抑制着自己的思念，不敢让谁，明了知悉。可是骗得过天下所有的人，却始终无法骗过胸膛中跳动的那颗心。

诚然，情不知所起，一往而深，又有谁能明了，去追寻相思的原因。声声的繁华里，无法控制陷入相思的诗人提起笔，墨色染上了他的衣襟，月色染上了他的泪眼。这场宴会上，他写的诗是这样的：

罢执霓旌上醮坛，慢妆娇树水晶盘。
更深欲诉蛾眉敛，衣薄临醒玉艳寒。
白足禅僧思败道，青袍御史拟休官。
虽然同是将军客，不敢公然子细看。
——李商隐《天平公座中呈令狐令公时蔡京在坐京曾为僧徒故有第五句》

“不敢公然子细看。”不敢仔细看的，是台上身着道袍的美丽女子，还是自己烟云浩渺、情意幽深的过往？或许是两者其一，又或许，两者皆是。

桃月春风

美人故里，温柔乡。

那些古老的歌谣里，总是这样唱的。后来又有一个号梅村的诗人，这样写道："恸哭六军俱缟素，冲冠一怒为红颜。"那说的又是另一个气壮山河、红颜纷繁的故事——美丽多才的女子和如同西楚霸王转世的将军。王朝末年的乱世，谁能辗转保住一份情？爱本来就是一件艰难的事情，更何况，是硝烟里，烽火中。他为了她放弃了曾视作性命的忠肝义胆，而她为了他青灯古佛，为无辜丧命的英魂一生孤冷。

故事的结局，谁都不曾知晓。可美人与英雄的故事，却是口口相传，翻山越岭，穿越数千年的时光，人们依旧津津乐道。就如同白居易对杨玉环和玄宗，曾赞颂说："天长地久有时尽，此恨绵绵无绝期。"清醒的世人，不会将造成乱世的原因，归咎在一个小小的女子身上，然而腐朽的人，却善于推卸责任，只怪妲己祸国，西施妖媚。其实柔弱的女子们，哪里又能掀起烽烟里的腥风血雨，将历史，都生生改换了模样？

这个道理，义山是明白的。年轻的诗人，对于生活在男权社会中的女子们，怀着一种天然的、柔软的怜惜。这令他对她们的感情平等而温和，并不是像其他人一样高高在上。或许这是他的天性，又或许，这是因为他自幼生活在慈母和姐姐们的宠爱包容中，而她们凄凉的命运，令他过早地认识到这个世道，对待她们，何其不公！

所以，当令狐楚将高台上的两位歌伎赏赐给他时，他措手不及，无法婉拒之后，亦是依照礼法对这对美丽的姐妹花，温柔相待。她们能够来到他的身边，是因为席上他写的诗，名动全场。令狐楚十分高兴，又加之诗中赞美了这两位歌伎，这让身居高位的恩师，想起了自己这年轻的弟子，孤身随侍在他的身侧，明明到了适婚的年纪，枕畔依旧清冷。

于是，他也乐得成人之美。义山并不是过分拘泥谨慎的人，既然一切都已经发生，他便从容接受，安静地等待命运的安排，并不会愤然离去，将世事弄得一塌糊涂。

桃叶，桃根，是那对姐妹花的名字。显然是艺名，绝非真名。她们原来是道观中的女冠，流落风尘，只是宿命的戏弄。她们虽然知道自己的故乡在江南，却并不知道，自己是在什么时候，告别了那个草长莺飞的美丽故土，从此辗转风流，繁华梦里无处寻。

她们见过许多男子，英武或沉稳，高傲或面目可憎。他们无一例外，沉醉于她们的容颜，迷失在她们的琵琶声里，或许有过几分真情，可始终他们都将她们视为玩物。他们的心，从未容纳过她们，而她们的情，终究也沦落成了逢场作戏。可这次的这个男人，却难得一见。他尊重她们，体贴她们，并不因为地位的悬殊而就此轻视了谁。他对她们，不像是对待自己的姬妾，更像是对待家中的姐姐，尊敬而温柔。

细碎灯影里，他向她们诉说他的过往，他的故事里，一直有一个清新美丽的姑娘。每次说到那个名字，他的神色会变得更加温柔，他的眼眸里，会流转着一种叫作“爱情”的东西。这个温和的年轻人，显然是动了真心。她们见过太多太多的情爱，自身也在其中沉沦翻覆，却始终，不曾遇上这样一双纯粹痴狂的眼眸。他和她们的相遇，到底是太迟，太迟。

她们知道，他的号叫作“玉谿生”，源于那座碧城里，默然无声，悄然长流的清溪。曾有多少次，他蹚过这条溪流，奔赴一场决绝的爱恋，多一次，就多沦陷一次，对那个女子的爱，也加深了几次。从别后，忆当年，他也写下了许多痴迷的诗篇，字字情深，句句缠绵。

重帷深下莫愁堂，卧后清宵细细长。
神女生涯原是梦，小姑居处本无郎。
风波不信菱枝弱，月露谁教桂叶香？
直道相思了无益，未妨惆怅是清狂。

——李商隐《无题》

多少个清冷的夜晚，多少个连月色都依稀未明的长夜，他辗转徘徊，相思难解。其实，她应该更加寂寞吧。毕竟，自己还是自由的，她却是寸步难行。自己还有恩师和好友相伴，惆怅时还有人温言相劝。可身居深闺的她，能将一腔相思，告诉谁，是冷漠的月光，还是寂寞的河流？想着想着，痛苦和相思交缠萦绕，不经意间，就是泪湿枕畔，连清梦都被打湿。于是醒来，扪心自问，这段无望的爱，到何时，才会是终点？

只恐相逢在梦中。他害怕的，是今生今世，再也没有相见的机会。就算有缘再聚，却恍然发觉是在梦中重逢，一旦梦醒，梦里再多的温柔缱绻，都会消散成云烟。梦里，容得下他的万千柔肠，梦外，一切都需要他以男儿的面孔面对。

大和四年，春。山寺花开，温柔的风吹散了深冬的苦寒。令狐绹参加春试，高中进士，留在帝都等下一轮考试。而作为令狐楚的长子，小名唤作“七郎”的令狐绪，则世袭了官职，同样离开了郓州。相识的好友都纷纷离开了这个城市，原先在义山眼中，充满温情的城池，终于变得孤寂和冷漠。尽管他同样因为好友的前程顺利而由衷地感到欢喜，可心里的情绪，却是百感交集。除却同好友远隔的寂寞，或许，是因为自身依旧是布衣的身份，而感到惆怅和痛苦吧。

有这种情绪，是人之常情。试想如果身边所有的朋友，都已经出人头地，或是儿女满堂，阖家欢乐，唯独自己高不成，低不就，事业上没有建树，也未曾拥有美满的家庭，多年来孑然一身，在江湖里独自漂泊。潇洒固然十分潇洒，可凄清寂寞的滋味，亦是十分难熬。之于义山，郓州，这个曾经给他带来许多欢乐的城池，也渐渐失去了原先的温度。

朝中的崔戎大人曾来信说，有人想要引荐义山，希望他能够前去投奔那位大人。这不啻是一个极好的消息，然而，再三思虑之下，义山却只觉得不妥——他已经拜在了令狐楚大人的门下，古来女子不事二夫，更何况他是顶天立地的男儿。一日为师，终生为父。更应该对自己的恩师保持一份忠诚。这是他做人的原则，纵使有人说他迂腐，说他冥顽不灵，他也觉得有些底线，是始终应该要守住的。

秋去春来。又是一年重阳菊酒，又是一年雨雪霏霏，又是一年万物复苏，又是一年蝉鸣昼长。大和五年，浅春时分。帝都里传来了调令，令狐楚调任太原令。这个消息传入义山耳中，终于他要同郓州这个地方告别，这个拥有许多美好回忆的地方，终于要成为他记忆的一个部分。一行人，如同来的时候那样，风尘仆仆地告别了这里，可是又有什么，已经永远地留在了这里。像是谁的青春，谁的笑容，谁的爱与情。那是彼此，相互刻下的记号。

令狐楚带着他的家人和义山，一同回到了帝都长安。官员调职赴任之前，要先回到长安述职，才能够前往上任。令狐绪和令狐绹都已经成家立业，在长安落地生根，他们等候在巍峨的城门下，等待那一行人，带着黄河的风沙迢迢而来。那其中，有他们的父母，他们自幼一同长大的人，也有他们一直想念的兄弟。

然而，同兄弟的团聚没有几天，就再度分别。义山向令狐楚大人提出了请求，希望能够先回一趟家，探望久别的老母和弟弟。洛阳故旧，仿佛什么都不曾生变。而家中，母亲的头发已经两鬓苍苍，弟弟的个子也几乎跟他一样高，久别经年，他几乎已经认不出一日日长大的弟弟羲叟，可这个孩子，笑起来时，还是同幼时一样天真赤诚。

母亲拿出了一封信。他拆开细读，入眼的是旧友熟悉的笔迹。信是前两天来的，用的仿佛是新墨。永道士告诉他，荒废了一段时日的灵都观，近来又有许多人来打扫修葺，仿佛是那位长安来的公主，又要前来清修。这个消息，令义山欣喜若狂。老成持重的年轻人，已经很久没有在众人面前，明白展露出自己的欢喜。

春寒依稀，深山里的残雪还没有化尽。可他的心，却仿佛从初春走到了深夏，泥融飞燕子，沙暖睡鸳鸯。这样美好又安静的句子，他反反复复默念，心却始终无法平静下来。相思之苦，谁能懂？经历过长久的分别，他已经迫不及待，心心念念的，不过是那座重新恢复生机的碧城，那个久别后终于要再度归来的女子。他想，破镜可以重圆的传说，原来不是诳他的，那些美丽的圆满的故事，他可以用真心，来相信。

他持着当年分别时定情的金手镯，重新走上了玉阳山。这座山城依旧青翠幽深，这份情也依旧鲜活炙热。他站在山头，遥望着玉阳山上的灵都观，那里已经重新燃起了袅袅的烟，穿着青色道袍的女冠们往来如云，这里面，有没有他的华阳？他不知道，可是他相信，命运注定他们重逢，就会给他们一个最圆满的结局。他像所有陷入情网的年轻人，在心里铸造着自己的天长地久，以为海枯石烂沧海横流，他们也会安然走下去。只是他并不知晓，命运可以让一个故事开始，却未必会让一个故事完美结束。

他颤抖着落墨，告诉心爱的女子，他也来到了这里，等待着他们的再度相见：“紫府仙人号宝灯，云浆未饮结成冰。如何雪月交光夜，更在瑶台十二层。”他记得他们初遇在一个微微有雨的天气，记得他们相约在一个月色溶溶的夜晚。一切的一切，他都记得。而现在的他，在等一个佳期，一个有佳人的佳期。

归期未期

相见时难别亦难，东风无力百花残。
春蚕到死丝方尽，蜡炬成灰泪始干。
晓镜但愁云鬓改，夜吟应觉月光寒。
蓬山此去无多路，青鸟殷勤为探看。

——李商隐《无题》

或许，多数人记住李商隐这个名字，是因为这首诗。这首诗非常经典，让人伤怀。这首诗就是《无题》，在他短暂的一生中，写过许多无题诗。无题，却情深。

义山本来就是一个柔软深情的诗人。后来他写过一句：“碧海青天夜夜心。”情深如海，讳莫如深。他不像有些男子，一生中，经历过太多女子。如烟云般的情史，令他们从容行走在纷繁花海里，随意调笑，肆意风流，最终却幡然醒来，自己的真心呢，那些真心实意呢？他们得到的越多，失去的也就越多。

真心，需要用真心来交换。没有真心的爱，如何保鲜与维护，如何来天长地久。这样匆匆的人世，用虚情假意来度过一生，是不是，真的值得？我想，义山的诗感动了那么多人，百年，千年，不知道还会感动后世多长的时光，能够如此，不过是情真意切罢了。“情真意切”这样一个词语，说起来那样简单，做起来却那样复杂。我们常常戴上或深或浅的面具，来掩饰内心深处的爱与恨，摸不透，也捉不住，我们自以为是地以为，这就是所谓的长大和成熟，却忘记了，这样的生活，是多么忧愁和苦闷。

一直相信，这首诗，是写在义山和深爱的女子，温柔缱绻之后。或许那是一个梧桐迷离、雨色翠微的清晨，当道观悠远的钟声响起，停驻在密林深处的飞鸟因受惊而纷纷掠起，那对重逢的恋人，从甜蜜的睡梦中同样被惊醒，又在一瞬间明白，抵足而眠的夜已经悄然过去。一切，都短暂如烟。长夜，长夜，都说长夜漫漫，可为何甜蜜的夜晚，总是消逝得那样快？仿佛多驻足片刻，就会受到上苍的惩罚。

所以，就有了相见难，分别更难的感叹。有谁能舍得，离开深爱的恋人？相互诀别，又相互如同一切都没有发生一样，让彼此从各自的生活中消退而去，像飞燕点过的水面，终究要风平浪静。分别，不过是一瞬间的事情，在经历时，却是三生的重量。

他微笑着安慰失落的恋人，只说一旦自己能够考取一官半职，就回来将她风风光光地迎娶进李家大门。恋人的誓言，坚贞从容，仿佛是从一开始就深藏在心底的，直至如今才说给她听。他说的话，她都相信，她只是不肯相信命运，不肯相信自己能够有这样的运气，能够如愿以偿。一切皆是命，万般不由人。多年前，她就已经明白，人力是多么微小的东西，那是风中最渺小的尘埃，风要将它带往何方，它就必须要前往何方。

年少入宫，宫深如海。幽深晦暗的宫廷，将原本骄傲和灿烂的女子，磨平了棱角，变成了世上最温柔婉约的宫人。所有的天真与热血，都离她远去，她也一度以为，所有的爱恨，都是水中月和镜中花。她的生活，将是一潭落满桃花的死水，看上去光鲜缤纷，其下是一片深沉的寂寥。直到遇上了那个温和却执着的年轻人，那是个多情，也专情的诗人。生活的艰辛，并没有让他成为沧桑憔悴的男子，她听他说起过幼时的波折，也打听过他家庭的困窘，可他每次与她相见，都是温和沉稳的模样，一笑，如春风舒展。

能够遇上他，就已经是上苍的眷顾恩赐。她并不奢求贪心，希望他所立下的誓言，有一天会成为真实的存在。她只希望，某年某月，当他们再度重逢，当时光任性变迁，将她变成白发苍苍的老妪时，他还能对她笑一笑，如同从前的每一次相见。虽然心中并不抱有希望，然而恋人的誓言是那样真诚，从心底涌出，字字滚烫。她不忍心，令他黯然神伤，令他过早看到两人几乎没有未来的未来，那种残忍，只要自己明白就好。他自有他的背负，她无论如何，不能再令他的沉重，添上分毫。于是，美丽的女子展颜微笑，告诉他明年此时，她会在玉阳山上等着他，莫要相负，莫要相忘。

义山意气风发地离开了玉阳山。他相信，自己此次赶考，一定会高中，一定会取得一官半职，一定能够有机会将华阳带走，三书六礼风光迎娶。他疾驰在春天湿润的空气里，马蹄踏花，春风逐年。史书上说：太和七年，李商隐上京赶考，主考贾餗是也，不举。意思就是，踌躇满志的年轻诗人，并没有像理想当中的那样，一鸣惊人，一击即中。

失落是难免的。毕竟是付出过多年努力的事情，得知结果那样不如人意，难免要长吁短叹，感叹世事弄人。然而惆怅的时光并没有持续多久，他想起自己一向十分尊崇的李贺亦是名落孙山。到底是第一次赶考，失败并不是多丢人的事情。恩师还在太原等着他。一想到这个，他就迅速走出了失落，赶到太原，前往令狐楚的幕中做事。

未想。六月，令狐楚兼任吏部尚书，不日就要返回长安。他原本是让义山随同他一起回去，然而义山惦记着玉阳山上的恋人，半路同老师分手，折往玉阳山。他们又已经分开了一年多的时光，不知道她是不是已经从谁的口中得知了自己落第的事情，他立下过的誓言，恐怕只能等到三年后了。可是他知道，她一定会等他的。

这个时节，华阳应该是在玉阳山上的。他兴冲冲地去寻找恋人，却发现自己无从寻起。那个一直为他们传递书信的小女冠，忽然之间下落不明。而他找好友永道士询问消息，却遭到了对方的含糊回答。他沮丧之下，走到灵都观外想要一探究竟，却发现这座曾烟火鼎盛、人往来如云的道观，此时大门紧闭，几乎看不到一缕青烟飘起，唯有观外青松，依旧屹立。寂寞无从排解，他只好拾起了手中的笔，在文墨的世界里，宣泄自己的情绪，尽量让担忧和患得患失的情绪不在脸上明白显现。

对影闻声已可怜，玉池荷叶正田田。
不逢萧史休回首，莫见洪崖又拍肩。
紫凤放娇衔楚佩，赤鳞狂舞拨湘弦。
鄂君怅望舟中夜，绣被焚香独自眠。

——李商隐《碧城·其二》

可依旧是，孤枕难眠。昨日的欢愉，仿佛还在眼底；而此时的孤清寂寞，更加令人痛楚难熬。若她当真爱他，又怎么会放任他伤心难过？这个念头忽然之间冒了出来，仿佛一条细细的银色小蛇，吐着殷殷的蛇芯，钻入脑海，挥之不去。他反复说服自己，她是爱他的，相爱的人，应该对彼此信任。可疑念旦夕而起，就难以烟消云散。他发现，自己对这份爱，并不像自己想象中的那样有信心。或许，她也一样。

疑云在他的心头，越发密集。他在灵都观外守候了几个夜晚，终于让他等到了从前为他们传信的那个小女冠。他正要上去问个究竟，没想到她一见到他，就神色剧变，直摇头说，以后你莫要再来了，宋姐姐不会再与你相见了。这句话，是他的晴天霹雳，他无论如何都不肯相信，可事实却容不得他不信。他深爱的恋人，此生再也不愿见他，而他立下的誓言，如同东流而去的水，再也不需要他的实现与践诺。

过往甜蜜的时光，依稀可见。而那一天，等待他的，只有孤灯和残月。我不敢想象，这个温柔多情的诗人，是不是孑然一身地在清冷的观外站了许久，久到身躯都渐渐麻木，血液难行。他不是未曾想过，他们的分别。他想过无数次，在梦里害怕过无数次，因为外界的阻挡而彼此失散。可他还未曾想过，他们之间的结束，会是华阳来画上句号，生冷坚硬，连一丝情意都不曾留下。这场他立誓要赴汤蹈火的爱，就这样烟消云散。

多情的诗人悼念他失去的爱情，他以为，这只是他一个人的哀伤。但我更愿意相信，那个柔婉的女子，也在灯影下黯然神伤。一段情，一场殇，女子总是比男子付出更多的情意。爱，可是她的整个世界，却永远都不会是他所有的天与地。像宝玉那样的男儿，是天地里的奇葩美玉，他眼中只有一个林妹妹，可身侧却有袭人与晴雯。对于一份感情，女子比男子更容易受伤。我想，华阳在割舍这份情时，一定用尽了全身的力气。

我也相信，她其实是不得已。

她比恋人，更早地洞悉了他们的未来。那是一场无望的爱，从一开始到最后，都是没有过希望的。她是寂寞深宫的一朵优昙花，生生死死，苦病伤痛，都要被囚禁在这里，不管是盛开还是枯萎，不管是心甘还是被迫。而他来自自由的天地，来去自如，呼吸着广阔天地的空气，可以在世界自由行走。他是可以恣意翱翔的飞鸟，她无意成为，那根束缚他双翅的红绳。他值得，更好的人，更适合的人，倾心以待，一生一世。

所以，她愿意成为那个率先放手的人。她知道，他绝不会先向她说出告别的话，那种话本来也不适合他说。她不愿意，用一年一度的相约，绑住了他；也不愿意，在年华见老时分，看到他清澈的双眸里，自己枯萎的容颜；更不愿意，有一日这份爱恋大白于天下，她被惩罚被囚禁，都无所谓，可她害怕他因为这份爱，断送了前程和一生。自己这样做，他虽然会伤心痛苦，可是所有的难过，都只是一时之间，他会找到更好的女子，珍惜他，爱护他，举案齐眉，白头偕老。而她，只是深宫里的金丝雀，没有这样的福气，能够与谁相濡以沫，白首不相离。他曾与她描绘的未来，说过的誓言，就足以，温暖她，三生的孤寂。

失去了爱情的义山，恍惚里走下了玉阳山。这座令他又爱又恨的山城，他此生，应该再也不会回来。这里，埋藏了他第一次，也是最后一次，炽热痴狂的爱恋。他想，今生今世，他应该再也不会用尽心思，去奔赴一场注定失败的爱的盛宴。离开的时候，没有人送行，他孑然一身，寥落如故。他带不走这里的清风与明月，也带不走这里的一草一木，与他随行的，只有过往伤人的记忆，那是一个伤感的故事，他不会轻易跟谁提起。

走完最后一级石阶，他终于想通。这不是谁的错，谁都没有过错。不过是缘起缘灭，情生情死，一切都是早已注定。能够有过相遇的缘分，有过相知的片刻，也有过相许的时光，就已经足够圆满。更多的祈愿，就让它们随风而去，云淡风轻。他最后一次，回首遥望，那座隐入山岚的城池，他会一直记得的城池，或许，那也是他此生不会再次踏入的城池。

三生迷梦

像上一节说过的那样，义山曾写过无数的无题诗。在众多的无题诗中，我最喜欢的是这一首。它应该是写在他和恋人分别之后，一切无可挽回，爱憎如水东流。

来是空言去绝踪，月斜楼上五更钟。
梦为远别啼难唤，书被催成墨未浓。
蜡照半笼金翡翠，麝熏微度绣芙蓉。
刘郎已恨蓬山远，更隔蓬山一万重！

——李商隐《无题》

他的诗中，很喜欢提到“蓬山”这个地方。“蓬山”就是蓬莱山，《山海经》记载，海上有三神山，蓬莱、方丈和瀛洲，山上是仙境，有长生不老药。而蓬莱海域常出现的海市蜃楼奇观，更激发了人们寻仙求药的热情，秦皇汉武等古代帝王纷纷到蓬莱从事寻仙活动。锦州的笔架山，有“小蓬莱”的称号。那是个神奇美丽的地方，位于海中，夏末秋初时分，潮起潮落，会退出一条道路，从海岸通往山中，仿佛有谁，往碧蓝的海中投掷了辟水的明珠。传说中的蓬莱山，比笔架山更加美丽缥缈，毕竟，那是仙人居住的圣地，人间寻常的风景，如何成为传说中的瑶池仙境。

然而，在义山的诗里，那更应该是一个遥远的地方，远在天外，却不是近在眼前。这首《无题》总是要让我想到孤寂温和的诗人，在一个月斜三分的夜，孤身一人走出寂寞的空楼。那样安静的深夜，钟声沉默，寒鸦渴睡，栖息在枝头的残花，睡梦中，无意间成了落花。惘然的诗人，站在楼头高处，蓦然回首方才甜美华丽的梦境。梦醒，那些梦中的美好，那样迅速地枯萎和凋谢，梦里深爱过的人，也如同蓬山上的仙子，在现实的人世，再也无法触及。他含泪，落笔，写下了不舍，却只有自己可以铭记与思念。

失去了，终究就是失去了。失而复得的梦，他做了太久，是时候停止了。归途上，义山患上了风寒，在身心俱疲的时候，他想起了家中年迈的母亲，听话懂事的弟弟，还有故乡淳朴的亲人们，失去了爱情，他还有亲情和友情。他忽然十分，十分思念洛阳的母亲，想念小时候她熬的红豆汤，想念她粗糙却温柔的手，那是他血脉相连的母亲，是永远都不会伤害他的人。他怀念一切安静平和的气氛，同时也怀念那个平静的家。他终于明白，只有家，才是他永远的归宿。

距离上次分别，并不是很久。然而，义山站在家门口，却仿佛过了三生。弟弟羲叟不日就要成婚了，他的未婚妻是一个眉目柔和的女子。长兄如父，他给弟弟当了证婚人。寻常人家的婚礼，当然没有富贵人家的那样华贵。可到底是新人们一生一次的事情，总是要格外隆重一些的。义山已经很久没有感受到这种朴实的喜庆了，官场上的盛宴虽然繁华，却仿佛没有尘世的烟火味道，总是透着一些冷漠的疏离感。他似乎是知道缘由的，因为，那里不是属于他的地方，繁华，亦不是属于他的繁华。

幼子的婚姻美满和谐，而长子依旧形单影只。母亲望着憔悴、面带病容的长子，终日无声长叹。她不是没有想过趁着义山还在家中时，寻一位蕙质兰心的姑娘，将他们的婚事定下来。然而，每次提到此事，义山虽然没有直接拒绝，却更加郁郁寡欢。或许，过些时候，他会遇上心仪的女子吧。母亲摇摇头，她不知道，自己钟爱的长子，已经经历过一场刻骨铭心的爱，也已经失去了那段足以铭记一生的爱。他的心里，虽然明白应该放手，走出沉沦，可相思哪里由人做主？奈何一颗心，依旧惦记着那个决绝的姑娘。

在家中休养的时候，义山阅尽自己过往三年写过的诗篇。其中最多的，是自己为华阳写下的。字字句句，都围绕着那个她。他提起笔，蘸足墨，将所有的思念与深情，记录下来。那是他最瑰丽的诗篇之一，有艳若桃李的仙女，手持莲花青灯，飘然行走在烟雾缭绕的瑶池之上。沧海纵横，岁月流淌，那些珍爱若生命的过往，如同海底深处的鲛人凝结的泪光，镶嵌在旧日回忆里。故梦三千里，寒鸦声起，大病初愈的诗人推开窗，凉风入骨，落单的萤火虫随之飘荡，明灭在孤寂的晨色里。隔壁响起了婴孩的啼哭声，娇嫩可怜，那是他的侄女，小名叫作寄寄。年轻的母亲柔声低哄，孩子终于再度沉沉睡去。一切都是那样美满，他忽然觉得，自己更加孤单，更加寥落。

是时候，离开这里了。虽然这里是自己的家，却只能暂住，不能久留，他似乎有所预知，预感到自己的归宿，并不是在母亲的膝下，弟弟的身侧。未久，义山给远在太原的恩师写了一封信，又致信给朝中的表叔崔戎。很快，崔戎的回信中说，希望他能够去见一见郑州刺史萧澣。那是士大夫中极有名气与声誉的一位。郑州就在洛阳的不远处，义山便前去拜访，受到了十分热情的礼遇，然而对于他的恳求，这位萧大人却表示爱莫能助，自己不过是一介刺史，虽然爱才，到底人微言轻。

是否当真是人微言轻，就不得而知了。义山一向通透，对于仕途上的事情，也绝不强人所难。既然对方不愿施以援手，便不如告辞而去。两人毕竟非亲非故，他本来也就不曾对此寄予厚望。他离开郑州，又一次回到了洛阳老家。表叔崔戎的信已经静静地搁在了他的书案上，他在信中问义山是否愿意随同他前往华州，他新近被任命为华州刺史。

大和七年。秋季的一天。李商隐随同他的表叔崔戎，来到了华州这个位于陕西的城市。崔戎是十分爱惜他的才华的，又加上亲戚的关系，并没有将他作为一般的幕僚相待。他甚至深知义山心中的痛处，决定帮他在仕途上出人头地，送他前去终南山潜心学习。而他的两个儿子，长子崔雍和次子崔衮都是俊美风流的少年，在才学上亦是大有可为。义山在崔戎府中，结识了这三位知交，不能不说是幸运的。

离开了所有旧忆重重的地方，物是人非的感叹渐渐远去。曾经遍体鳞伤的心境，终于恢复了往日的平和。那些道理，他都明白，然而伤口，到底要让时光这剂灵药来愈合。闲暇时分，义山也时常随同崔戎父子出游踏青。

美丽的山河风景，古木幽深的佛寺，不远处潺潺而来的溪流的回音，青山深处，落花如雨，仿佛是泛黄的书籍上，奇妙的景致。他忽然觉得，偌大的人世，一个人都渺小如同微尘，更何况是一个人的悲欢离合，喜悦忧伤，那些或惆怅或淡然的情绪，更加如宇宙里点滴的水珠。就让一切随风而去，再也没有什么能够来烦扰他宁静的心河。

从容望着河山，清瘦的诗人露出微微笑意，我知道，他已经重新寻回了那个宁静的自己。往后，他再也不会伤自己那样深，不会让自己陷入万般的愁绪无法上岸。时年，他不过二十一岁。这个年纪依旧轻轻，青春依旧停驻的青年，看上去，一切都还来得及。

二十岁刚刚出头的年纪，我们在做什么呢？还是青春年少，可以多愁善感的年龄，任性妄为，甚至胡作非为，也有一个可以原谅的理由。那时的我，最想抛弃一切烦恼，背上一个大大的行囊，里面装上我最爱的MP3和小零食，就这样恣意地行走天涯。走到哪里，就停在哪里。至于有人要问我以何为生，我便无法答上来。那些问题，那些最深刻和现实的问题，仿佛还离着我千里万里遥远。我只是贪婪地恋慕着“流浪”这个词，以为天大地大，那样恣意纵横，是一件十分潇洒快意的事情。既然已经无法仗剑走江湖，那就不妨来一场自由的漂泊，丢下所有的苦恼和讨厌的人。

而二十一岁的义山，已经行走过那么多的地方。从烟雨朦胧的江南，返回淳朴温厚的故乡，又来到牡丹姹紫嫣红纷繁盛开的洛阳，折往郓州，走过郑州，停留在华州，即刻又辗转至衮州。听上去，丰富又动人，可我已经明白，这不是一次随心所欲的行走，那是一场为了人生，为了梦想，不得不上路的奔波。身为长子的义山，过早地挑起了一个家庭的重负，赡养母亲和抚养幼弟也是他的责任。他一生唯一一次的放纵和贪心，夭折在那座深深的山城。此后，天地的翻与覆，似乎同他也再无干系。他只需要做好自己。

唐朝的官员，极少有在一个地方做上一辈子的事情。然而，像崔戎一样在华州仅仅上任了九个月就被调任衮州的事，也是极少发生的。并不是他的政绩不如人，相反，他在任上深得百姓的爱戴，离任时众人集体挽留，险些无法离开华州城，只能月夜单骑而出。义山等随同的幕僚，则在次日出城。

嫩箨香苞初出林，於陵论价重如金。

皇都陆海应无数，忍剪凌云一寸心。

——李商隐《初食笋呈座中》

这是义山在衮州一次宴会上所写的诗。亦是他所写的诗中，十分重要的一种类型——咏物诗。他的咏物诗写得极好，这首诗是宴会中食笋后所作。衮州产笋，味道鲜美。崔戎一向爱重义山，去哪里都将他带在身边，这次盛会，亦是特别给他一个机会，显然，义山也没有令他失望。诗中以嫩笋自比，极有少年人的自信，又有一种淡然的沧桑。到底是经历过风雨的人，不再是当初那个初出茅庐自以为是的少年，可义山依旧是自信的，坚信自己终有一日能够像竹笋一样长成坚韧的竹。只是最后一句“忍剪凌云一寸心”，显得惆怅哀伤。

少年的雄心壮志，多么可贵，多么值得珍惜。可事实上，苍天仿佛并不喜欢那些看似不知天高地厚的年轻人，总是要让他们经历无数惊涛骇浪，最后在尘世里磨平了他们的骄傲与任性，直至入云的青梯放在他们眼前，他们也不觉得万分欢喜。上苍是残忍的，世事是浮沉的，万事万物，都会如同深山的雾气，迷离消散。

义山对这个道理，早已深知。人无千日好，花无百日红。一同食笋吟诗的回忆还不曾消散，如知音如恩师的崔戎大人，因为感染了霍乱，猝然而去，年七十岁。义山所失去的，不仅是一位好友，一位老师，一位亲人，更是仕途上的重要助力。崔戎一向赏识义山，更是打算大力提携他。终归是天有不测风云，一切终究归于黄土。

潇湘孤鸿

《红楼梦》中的林黛玉曾说，她只喜欢李商隐的一句诗：“留得残荷听雨声。”

残荷，听雨。雨声和池中冷落的荷，总是有淡淡的寂寥，如同秋日的凄清。给自己取号为“潇湘妃子”的那个女子，是人间最清逸纯净的一枝荷花。喜欢这样一句诗，她就是义山的知音。知己难寻，知音难觅，一个早已是黄土孤魂，另一个则是纸上风流，毫无交集的两人，却是同样的孤独寂寞，如潇潇秋雨里，落尽繁华的枯荷。

整首诗是这样写的：

竹坞无尘水槛清，相思迢递隔重城。
秋阴不散霜飞晚，留得枯荷听雨声。

——李商隐《宿骆氏亭寄怀崔雍崔兖》

这是秋日的诗，有清淡的哀愁，朦胧的忧郁。哀愁和忧郁，本身就是一首诗，此刻化作了诗中的清浅气氛，便如同蒙上了轻纱的美人，若隐若现，更加惹人着迷，令人追寻。得不到的，是最好的。人心，不正是如此？怀念的，都是失去的，想要珍惜的，都是未曾到手的。不知道义山在写下这句诗时，是否已经想到，自己的半生寂寥，如梦萦绕，而这孤冷的寂寞，还将继续缠绕一生，非死不休？

有时候，追逐是一种无法停止的脚步。如同弦上的弓箭，不得不发。我们总是不断地行走在人生的旅程上，你愿意也好，不愿意也罢，生命与时间，都在不断地流淌。那仿佛是一架永动的电梯，走上去的人没有半路休止的机会。一旦停下，就意味着生命的终结。这是宿命给我们的诅咒、预言，注定我们有许多事情，无法选择。

而义山的宿命，或许，就是追逐他的仕途。尽管我们都知道，那只是一场虚妄里的镜花水月，可我们谁都不能穿越时空，走到这位年轻却沧桑的诗人身边，轻声告诉他，义山，义山，你所追求的，不过是一场空。还不如，就此罢手，回温暖的家乡，寻一个温柔贤惠的女子当妻子，安享天伦，安静终老。如果可以这样告诉他，或许，我们看到的诗人，就不再是现在这样寂寞寥落又不断漂泊着的形象。

或许，他会成为一个平凡务实的农人，几亩薄田，几头耕牛，知足而安乐地度过后世时光。或许，他没有放下手中的笔墨，在私塾或是族中为人师表，将半生的知识都倾囊相授，就如同当初堂叔教导他那样，教导那些孩子。或许这样，我们就无法读到他那些瑰丽奇妙的诗篇。可是，若他能安然到老，我亦心安满足。

一去经年。七郎令狐绪再次见到年少时的兄弟时，他已经是沉沦宦海数年的大唐官员。官场的浮沉，将这位温和宽厚的年轻人，打磨得更加玲珑圆滑。只有在年少的朋友面前，他才会摘下那张面具，露出微微稚气的笑容，一如往昔，策马并肩，寒窗苦读时。那是在看到阔别多年的朋友时，从心底流淌而出的欢喜。

他走上前去，无声拥抱这位朋友，他的弟弟八郎令狐绹和九郎也都来了。恩师令狐楚则稳如泰山地看着他们的团聚，等到激动的心情稍微平复之后，才开口邀请弟子在令狐家的大宅中居住。义山自年少时就在这里久居，如今来到长安，住在这里也是理所应当的。

是的。我们的诗人，在永远地送别了故人后，又重新回到了这座充满了温暖和希望的大宅。这些年的风波周折，令他的个子高了一些，也令他的气质更加温和，只是身体，却越发孱弱，心境虽然平和，到底优柔寡断。

大和九年。春。偷得浮生半日闲。

义山邀请了令狐绹前往长安城外的曲江，一同游览胜景。就在两个月前，文宗皇帝派了两千余人修葺曲江池，又在岸上大兴馆阁。一时间，这里成为了长安城最美丽的地方。春日里，杏花如云，桃花如雨，杨柳婀娜，倒映进清澈的水中，如同双姝，到处都是落英缤纷，如临仙境。踏春的游人如烟如织，翠羽黄衫，只觉得无限繁华，无限梦生。

旧友于侧，知音同游。仿若远离了世界上的一切忧愁烦恼，这样的生活，或许才是最适合义山的。偶尔出游，偶尔应答酬唱，虽然生活清苦，岁月清寒，到底自由自在，无拘无束。我不敢想象，身着锦衣华裳的义山，会是什么模样。或许，他如愿以偿，梦想成真。但那些美好的诗篇，神奇的幻境，是否还能够从他的笔端流淌到纸上？大约，上苍也如我这样思虑。因此，次年应试，他再次不举，依旧是，名落孙山。

梦想，曾经以为触手可及的梦想，失落不已的诗人忽然发觉，那实际上遥不可及。是他对自己的才华过于自信，还是所谓的主考官根本就不识明珠？命运竟然这样不公平，给予了他希望，又从来不肯将希望变成现实。这样的他，怎么对得起家中操劳了半生的母亲，还有那些对他寄予厚望却早逝的亲人？他更对不起的，是一直都对他悉心照顾、多番鼓励的恩师令狐楚。他当真觉得无颜以对，无法再在令狐家的大宅中安心居住下去。老师对自己，已经是仁至义尽，自己如何能够厚颜无耻？

那年初秋，义山离开了令狐楚的家中，踏上了回乡的路。这段路，仿佛很长，很长。他迫切地想回到家中，可是又希望这段路，一直都走不完，他可以不必回家去面对母亲微微失望又装作毫不在意的眼神。那一定是一个多雨又缠绵的秋天，雨水打湿了旅人的梦，秋意染上了石阶上深绿色的青苔。这样的秋天，难免思绪纷乱，更何况是柔弱敏感的诗人。在这样的天气，为雨所阻，停滞在驿站中的诗人，写下了“留得残荷听雨声”的句子，是多么伤感悲凉的事情。他已经一个人，孤身漂泊了太久，太久，久到连自己都已经心生怨怼。

追逐功名的时光，差不多已经十年。十年梦碎，十年流浪。为了这个梦想，自己远离了家乡，失去了纯真的爱，最终却依旧一无所获。羁旅时分，白日里唯有老马相伴，而夜晚时分除却灯影笔墨，别无他物陪伴。害怕寂寞的人，总是寂寞相随，厌恶繁华的人，总是身在繁华深处。那像是一个可笑的悖论，实际上，不过是宿命的一次又一次的捉弄。

这次回乡，义山只停留了一段很短的时间。他很快再度离开。容我猜测，或许是因为那个家，不再是属于他的家。那更应该是属于弟弟羲叟的家，他的母亲，他的妻子，他的儿女，一家人其乐融融，共享天伦。每个相聚的时刻，他都觉得自己分外像一个局外人，是这个温暖家庭中一个突兀的影子，是一首完美的交响曲中，一个破碎突兀的和音。于是，他选择了再度流浪，像是一个被家庭放逐的浪子，尽管那个家，并没有任何放逐他的意思。

他没有任何选择。偌大的天地，能够容纳接受他的，依旧是恩师的家。虽然心中依旧尴尬，然而义山依旧踏上了归途。是的，归途。多年来，那里已经更像是自己的另一个家，虽然没有任何血缘关系，多年的共同生活，却令他们感情深厚，不逊于任何血脉相连的亲人。途中，他路过了郑州的夕阳楼。当年，他前来郑州客访萧澣时，曾同萧澣一起登上夕阳楼。那时，年轻的他意气飞扬，对一切都充满憧憬。

当义山再度登上夕阳楼，也算是旧地重游，难免要感怀身世。这种内容的诗，杜甫写得十分出色。“万里悲秋常作客，百年多病独登台。”那是中学时候背过的句子，一起背过的还有他的“花径不曾缘客扫，蓬门今始为君开”。这是两首截然不同的诗，一首悲凉沉郁一首欢快明净。杜甫的诗风实际上亦是十分多变，只是后人总要记得他的沉郁顿挫，遗忘了他也可以明媚娇艳。

义山心中的杜甫，应该也只是一位惆怅枯瘦的老头儿。他的身世浮沉，他的命运多舛，作为后来人的义山，一直感同身受。他能够明白他的悲伤，洞悉他的感叹，可是又有谁，来明白他的凄婉，他的伤感？心中的惆怅无法抑制，终于喷薄而出。

花明柳暗绕天愁，上尽重城更上楼。

欲问孤鸿向何处，不知身世自悠悠。

——李商隐《夕阳楼》

这段时期的义山，像是一只不知道该停泊在何处的孤鸿，往返于洛阳的老家和京都的老师家中。朝廷上的事情变幻如云，伴君如伴虎。时不时就会传出谁被罢官，谁又被发配边疆。当初陪同义山登上夕阳楼的萧澣大人，如今却被贬谪到了蛮荒的偏远地区。幸而老师令狐楚一直明哲保身，屹立在朝中的诡谲风雨中，始终不曾为某些小人中伤。身为朝廷命官，令狐府上往来的访客和朝官，络绎不绝。在这样的环境下，加之老师和好友的指点，天资聪颖的义山很快了解了当前朝政的主要形势。

十月，分明应该是秋高气爽的天气。令狐府中似乎亦是喜气洋洋，朝中传来了旨意，册封时年为尚书左仆射的令狐楚为彭阳郡开国公。公侯伯子男，能够加官晋爵是一件大喜事，那还是可以世袭的头衔。怎么看都应该是一件值得痛饮三百场的好事，然而细心的义山，并没有在老师的脸上，发现欢喜的神色，相反，他觉得老师，似乎忧心忡忡。暴风雨来临的前夕，天空总是格外宁静与凝重，义山虽然身在宦海外，但他还是敏锐地嗅到了一丝非同寻常的气氛。他的预感没有出错，那一年，本就是一个多事之秋。

山雨欲来风满楼。史称“甘露之变”的祸乱，就发生在那年的秋天。十一月，丞相李训等人出自文宗皇帝的授意，意欲诛杀意图谋反的宦官。他们谎称宫内石榴树将会夜降甘露，本想就此引出宦官们一网打尽，未料消息泄露，李训等人反而被大宦官仇士良尽数诛杀。当夜，血流成河，包括知情的丞相王涯等人，都命丧黄泉。无辜的家人和朋友，被株连杀害。更加无辜的，是一无所知的平民。这次事变，死难者有千余人。这桩血案震惊了朝野内外，而那夜，义山夜宿于长安的恩师家中。次日，令狐楚奉命起草诏书，公布所谓的李训谋反之事。然而，深知真相的令狐楚，将此事含糊带过，这引起了宦官的不满，将丞相的位置给予了另一“听话”的臣子。这就是他们自以为是的报复。

塞翁失马，安知非福？令狐楚豁然一笑，不以为意。为官之道，所求者不过是问心无愧。若是为了能够站在更高的位置上，而黑白不分，又有何意义？谁知道未来那些趾高气扬的宦官会不会倒台，而那些依附在他们羽翼之下的官员会不会因此遭殃？一切都是未知数，都还需要时日来证明。他们尽可以拭目以待。

身居高位的令狐楚看尽世事，可以豁然淡定。然而年轻的义山，却不能够等闲坐视。由于恩师的关系，他对此事的内情知晓得一清二楚，又亲眼看到了宦官们的暴虐残忍，连七岁小儿都不肯放过。血性被残酷的屠刀激起，少年的心气又岂是一句“是可忍也，孰不可忍也”能够概括的。他写了几首诗歌，隐约为含冤受屈的人正名，抨击了那些飞扬跋扈的宦官。这些诗歌的流传度极广，他的声名，一时之间在长安众口相传，他的名字，同样被许多人深刻地记在了脑海中。纵使白衣，纵使柔婉，人们却依旧看见了他青衫之下的铿锵铁骨。

死去的人，已经化为了魂魄，然而活着的人，却依旧要忍受是非不辨的苦楚。那些冤魂，或许会长久地萦绕在长安的天空，无法安心地合上他们的双眼，落入黄泉，走进轮回。

第二章 杨柳青青梦成空

只羡鸳鸯

少年时，有一个天真的梦想。希望有一天，能够遇上一个善良的美好的人，像所有相爱的人那样相爱着，然后选一个合适的时节，一起步入神圣的殿堂。虽然总是说，婚姻是爱情的坟墓，可是身侧能有个人，一直陪着自己，悲欢离合都一同分享，生活的欢喜和痛苦都一起承担，听起来，似乎也不错。

最好能够，遇上的第一个人，就是生命中陪伴自己走到最后的那个人。年轻的我，没有想过，生命中会经历形形色色的人，也没想过会走进许多人的生命，而那些人，也将走进我的生命。那意味着爱情的坎坷，意味着人生的波折。谁不希望，自己的一生，可以一帆风顺，畅然无阻？然而，长大之后才发现，能够一见钟情白头到老的爱情太少，那是童话里的模式。现实中的我们，总是要经历那么多的欢喜悲忧，经历对的错的，最后才能够和最适合的人，携手同行。是的，那只是，最合适的人，不一定是最爱的人。

听上去真是悲凉。可事实上，就是这样悲凉。我们曾有勇气，幻想有朝一日当梦想和现实碰撞，我们绝对不要妥协，不要退后和隐忍。然而最终我们还是低头和服软。现实太过强大，敢于同世俗进行战斗的人却太少，年轻时的勇气，或许只是自以为是的勇气。于是回首才发现，年轻是多么幸福的事情，可以自以为是，还可以自以为是地深爱着谁。

大和九年。我们的诗人二十三岁。在我们的定义里，那依旧是一个年轻人。奔三不过是二十七八岁的人的权利，二十出头的人喊起这句口号，未免有些讽刺。那年，是义山不断漂泊在长安和洛阳之间的一年。倦鸟知返，落叶归根，他在家中停留的时日，比以往更多。而那年春天，他疼爱的小侄女寄寄因病夭折。那个玉雪可爱的孩子，在世上不过停留了短短几年，就带着亲人们的留恋悲痛而去。年迈的母亲抱着小小的躯体，痛苦不已。死亡的厄运，仿佛一直盘桓在这户人家的头顶，年幼的孩子再度成为了死神的祭品。

小孙女的夭折令义山的母亲迅速陷入了悲痛之中。本来就是年老体弱，在这样的打击之下，她很快卧床不起。义山与弟弟羲叟在病床前奉汤侍药，延请名医，也未能让老人的身体恢复起来。母亲的心里还有一个难以解开的结，她有两个儿子，都已经成年，然而没有一个孩子能够给她带来一个乖巧可爱的小孙子，就连唯一的孙女亦是挽留不住。羲叟到底已经成婚，可是一直孤身一人的长子，更让她忧心如焚。四周同龄的邻居和亲人，孙辈都已经承欢膝下，满院子乱跑。唯独是自己家中，清清冷冷，不见半分喜气。

母亲的心结，义山心知肚明，然而他无法给母亲一个确切的承诺。他的心底，依旧留着那个女子的身影，虽然日渐淡去，想起来时，依旧心如刀割。故乡的生活平淡而波澜不惊，母亲的身体终于有所好转，他也有了外出走走的闲暇。大多时候，他会来到堂兄让山的家中，探讨诗文，互通有无。这位堂兄虽然经商，幼时亦是上过学的，同义山的脾气最是相投。他时常前往让山家中，也时常听到隔壁院落中，动人的音乐声。

说不出来那是什么曲子，也分辨不出来那是什么乐器。听惯丝竹管弦的耳朵，居然迟钝到了这个地步。可乐曲真是好听，清脆婉转，他伫立在柔媚的春光里，忽然想起了杜甫的一句诗："此曲只应天上有，人间能得几回闻。"那乐声里，有淡淡的哀愁，如同月色下的山门，朦胧里的一袖孤清。如怨如慕，如泣如诉，心底的回忆被牵引而出，他想起了那次碧城石阶上的初遇，骄矜高傲的少女，她左耳那枚小小的白玉珰。山色朦胧，细雨蒙蒙，只有深爱过的人才知道，回忆难以抛弃。

他的目光穿越过矮矮的石墙，院落里春光熠熠，微风清凉，伴着乐曲的是声声莺啼，穿梭在淡青色的柳叶中，如画卷初展开。碧衣罗裙的少女隔着杨柳春风，将柳叶附在唇畔，吹出一曲天籁。十六七岁的年纪，生得倒是美，唇红齿白，婀娜多姿。她静静回眸，眸色如同纯粹的琉璃，眼神却湿漉漉的，当真惹人怜爱。

他恍然大悟，原来这不是一幅风景画，却是一卷仕女图。那首歌，吹进了义山的心里，那个美貌娇憨的少女，仿佛也借着歌，走进了义山的记忆里。

已经很久，不知道心动滋味的义山，终于在此刻发觉，春意明媚如歌，一切都新奇而美好。他后来才从让山口中知道，那个穿梭在柳树下的女孩名叫柳枝，父亲是早逝的富商，而她是母亲最钟爱的小女儿，如今依旧待字闺中。好事的堂兄，似乎看穿了义山的心思，这些事情都不问自言。这个名字，可曾令这位诗人想到那首叫作《章台柳》的诗："章台柳，章台柳，往日依依今在否？纵使长条似旧垂，也应攀折他人手。"

那是韩翃对失散的爱妾柳氏吟咏的诗歌，而多才多艺的爱妾是这样答复的："杨柳枝，芳菲节，所恨年年赠离别。一叶随风忽报秋，纵使君来岂堪折。"那个哀伤的故事，是否就在冥冥之中，注定了义山这段爱恋，同样哀伤悲凉？纵使那个叫作柳枝的少女，是那样深爱着他，而他又是那样深爱着那个聪慧高雅的女孩。

我相信，他们是一见钟情的。这种爱情开始的模式，那样罕见和珍稀。如果能够一如既往地走到最后，又该是多么美好的故事，足可以传为一段千秋的佳话，由无数文人墨客编出形形色色的脚本。他们迅速坠入了爱河，在灿烂的星光之下。这是一场命定的爱恋，注定我们的诗人要经历这段爱情，也注定这位少女要成为义山生命中，难能可贵的过往。

爱就爱了，一旦沦陷，就由不得自己做主。娇媚的春光成为了陪衬的风景，璀璨的星河则成为了他们爱情的见证。他们徜徉在脉脉的情意里，如同并蒂而生的莲花，憔悴凋零都不曾分开。他同她谈论他的诗歌，他的过往，他所有的忧愁与欢喜，所有的所有，她都能够懂。知音本来就难以寻觅，而柳枝，既是他的爱侣，又是他的知音。那个少女，能够明白他所有的痛苦，也能够和他一起吟诗作画，所谓天作之合，或许就是如此。

怅望银河吹玉笙，楼寒院冷接平明。
重衾幽梦他年断，别树羁雌昨夜惊。
月榭故香因雨发，风帘残烛隔霜清。
不须浪作缑山意，湘瑟秦箫自有情。

——李商隐《银河吹笙》

那年七夕，当星河绽放出迷人的华彩，当传说中的鹊桥被重重的云纱掩盖，当穿着绿罗裙的恋人朝着自己微微浅笑，义山写下了这首诗。湘瑟秦箫自有情，现今的义山，亦是有情。柳枝的明媚乖巧，仿佛已将他心中残留的伤痛，尽数抹去，取而代之的，则是她的深情，以及新的爱情所带来的甜蜜。这是他的以为，还是事实的真相。玉阳山上的那个女子，是能够那样轻易地被遗忘的吗？初恋总是刻骨铭心的，何况在那场爱恋里，他用尽了所有的力气，以致在结束时是那样元气大伤，难以愈合。

只是，谁都要向前走下去吧。谁都不可能永久地沉溺在过往的时光里，任流年落花，空空消逝。义山是知道的，他纵容自己去遗忘，纵容自己去爱上另一个美好的女子，纵容自己去填满时光去弥补苍白。正因为明白这一点，他才要让自己，努力忘却所有美好与伤害，跟过往划清界限，哪怕那只是一个祈愿，一个希冀。

他开始向母亲和弟弟提出，自己要迎娶柳枝的意愿。这原本并不是多么艰难的事情，唐朝风气十分开放，少男少女婚前的约会，只要并不出格，也是被默许的。他想，柳枝，母亲从前也是见过的，还曾在自己面前夸赞这位小姑娘长得俊俏乖巧，柳枝的家世虽然差了点，也是正经的平民，只要他们过得好，就已经足够了。只是，那终究只是他想。

这门婚事，实际上遭到了母亲和弟弟强烈的反对。羲叟认为那个姑娘，配不上他的兄长，也无法成为这个士族家庭的长媳。不论是她的性格，还是她的家世，都足以说明这一点。而后来发生的另一件事，更加令羲叟对这个姑娘不满。那是开成元年的春天，义山原本是打算上京赶考的，可是因为柳枝的母亲忽然过世，为了陪伴和帮助自己心爱的姑娘，他在家乡多停留了一段时日，这件事的直接后果就是导致他错过了那年的春试。

他与柳枝的爱情，不仅遭到了母亲与弟弟的反对，同时也遭到了恩师令狐楚和好友们的反对。令狐大人坚决不同意爱徒娶这样出身的姑娘为妻，她父亲是商人且不提，母亲虽然是士族出身，却是流落歌舞乐坊的女子，何况那姑娘天生活泼开朗，着实不是当妻子的最佳人选。当所有人都开始反对时，义山陷入了背水一战的境地，这时候，他反而更加坚定了。

这份爱，从一开始，就是柳枝主动的成分更多。或许所有人都静观其变时，生性柔弱的诗人，自己就会想明白两人之间的差距。然而，当越来越多的人反对他们在一起，温和的义山反而生出了莫大的勇气，想要保护自己的恋人。天地这样大，可是她能够依靠的，却只有他。这让他又怎么能够忍心，将她弃之不顾？何况，她是那样聪慧可爱，时而古灵精怪，时而任性狡黠，时而又天真温柔。她就像是最晶莹剔透的水晶，能够折射出各种色彩的光芒。

日子一长，他们的爱情，却渐渐变得沉重。他的心里，并不是只有爱情，还有更辽阔遥远的天地。而她，是以爱为生的女子，承受的，比他要多得多。有这样一句话，是这样讲的，情到浓时情转薄。他们的爱情，却从不曾凉薄生恨。或许，是因为义山的连年奔波，两人相见的时光并不多，美好的距离产生了更美好的感觉，每次相见，他们都格外珍惜，他们不会争执，不会互相伤害，唯一的烦恼，就是来自外界的反对。可就是这个烦恼，却重如千钧。

其实，义山是明白的。他知道自己跟柳枝，确实身份悬殊。虽然他依旧是一介白衣，可家中还有往来的朋友，都是士族的身份。而她的性格，也注定她无法成为一个合格称职的妻子。可是爱已生，情也已深，他的理智敌不过他的爱。他只能就这样，放纵自己沉溺下去，尽管，不知这场战争，最终是胜，是败。

情殇依稀

义山还记得，那是一个雪天。

那年的冬天，格外寒冷。他几乎不记得，在二十多年的人生中，是否有过比那年更加寒冷的冬。他回忆起江南的春，和煦温暖的春，其实前些日子，这里的天气也如同江南，温柔如水，纵使吹过寒风，也冷不起来。然而没有持续几天，却纷纷扬扬地下起了大雪。这时，他原本应该在故乡陪伴着心爱的女子，可一同赶考的两位朋友却说要提前几日前往京城，可能是他们初次赶考，总是忐忑不安，这种心情，他能够体谅。

还有谁，像他一样考了三次依旧一无所获呢？这样有经验的考生到底世间难寻。他自嘲地笑了笑，檐外的灯笼明灭飘摇，晕染成小小的一团光，仿佛可以掬在掌心取暖。雪依旧下得极大，伴着呼啸的风，有种无法言明的惶恐不安。他忽然想起柳枝，那个天真的女孩，应该正在家中安心地等着他的归来，他曾向她保证，不管中举与否，第一时间他就会归来。显然，他的誓言，并不曾令她感到安心。他越来越无法捉摸看透她的心思，他唯一了解的是她同样有着未来的负重，那像是沉重的巨石，压在彼此的心上。

那晚，他做了一个梦，一个惊恐忧伤的梦。梦醒，他极力镇定地伸手去点亮烛火，却发现天色已经大亮。满天的雪光和日光，交织成一片刺目的寒色，他推开门，光芒倾泻流转，几乎灼伤双眸。有人匆匆呼喊着他的名字，他恍惚里回过头，让山满身风雪地站在他的面前，他头上还带着积沉的雪，可他几乎来不及拂去，便神色焦灼地开口。他的话，瞬间被风吹散，落入倾天的风雪里，消沉如暗夜。义山捉住了其中几个字眼，却觉得更加恍惚，他记得他问了一句：是不是真的？

特意前来的堂兄迟疑着，又重复了一遍。他终于听清，脑海依旧混沌，心却率先做出了反应，只觉得如同刀割，而蒙眬的泪意，已经染上了眼。他记起梦里，心爱的女子向他无声告别，模糊的梦境，她异常纤细和柔弱的身影，瞬间融入了死寂里。她那样楚楚可怜地望着自己，眸色哀伤却冷静，她明白，这场无声的诀别，已经注定成为彼此的结局，她甚至，无法反抗，或者逃脱。

让山说，柳枝被经过洛阳的一位侯爷看上了眼，被强行带走。天真的女子，就此沦落为幽深府邸里一朵日渐枯萎的花。义山静静听着，却反复记起梦里她含泪的双眼。他相信，她是趁夜入梦，前来向他告别。他的离开和无知，注定了这件已经发生的事情，无法挽回。然而，就算是他不曾离开，他又能奈何什么呢？那是高高在上的侯爷，位高权重，看上谁不过是一句话的事情，随心所欲，不必顾及爱或是不爱，也不在乎掠夺而来的芬芳被移植到繁华却冰冷的土壤上，是否会凋零。

隔水而生，随雪而死的爱情，终于成为无声而去的过往。义山仿佛觉得，自己应该庆幸。毕竟母亲与弟弟，是那样不喜欢柳枝。没有亲人祝福的爱情，是乘风破浪的孤舟，到底势单力孤。这样的婚姻，他会幸福吗？柳枝会幸福吗？或许，这样才是最好的结局，在他无法做出抉择的时刻，上苍代替了他，残忍而睿智。他反复用这样的理由，安慰一颗伤痕累累的心。可他无法欺骗自己，是真的不痛，是真的可以放手，含泪祝福。

他更忧心她的未来。那座金碧辉煌的侯府，她是不是能够适应，承受四面八方而来的暗流和潮水？义山深刻地明白，作为女子，生存在这个世道上，有多么艰难。他的三个姐姐，大姐未出嫁就已经芳逝，二姐被休弃回家忧郁而亡，三姐是幸运的，能够拥有一位懂她怜惜她的夫君，纵使死去，亦觉得甘之如饴。可是女子的命运，在这个尘世，总是凄凉惨淡。他不知道，他的柳枝，将会怎么面对侯府中的波澜迭起，将会如何在那样的环境中耗尽余生。那是他的错，他将为此悔恨一生。

> 柳枝，洛中里娘也。父饶好贾，风波死湖上。其母不念他儿子，独念柳枝。生十七年，涂妆绾髻，未尝竟，已复起去。吹叶嚼蕊，调丝擫管，作天海风涛之曲，幽忆怨断之音。居其傍，与其家接，故往来者，闻十年尚相与。疑其醉眠，梦断不娉。余从昆让山比柳枝居为近，他日春，曾阴，让山下马柳枝南柳下。咏余燕台诗，柳枝惊问："谁人有此，谁人为是？"让山谓曰："此吾里中少年叔耳。"柳枝手断长带，结让山为赠叔乞诗。明日，余比马出其巷，柳枝丫鬟毕妆，抱立扇下，风障一袖，指曰："若叔是（句）。"后三日邻当去溅裙水上，以博香山待，与郎俱过，余诺之。会所友有偕当诣京师者，戏盗余卧装以先，不果留。雪中，让山至，且曰："为东诸侯取去矣。"明年，让山复东，相背于戏上，因寓诗以墨其故处云。
>
> ——《柳枝五首序》

他们相遇在朦胧的初春，却无声诀别在寒冷的深冬。命运，让他们再度执手相望的机会都没有，那依稀的灯光下，是谁泪眼蒙眬，又是谁，无语凝咽。有人说，柳枝才是义山的初恋，他与宋华阳的相遇，是在与柳枝诀别之后。真相已经扑朔迷离，是非不明，可那都是义山无疾而终的爱情，一场伤亡惨重，一场悔恨怜惜。

而义山在为柳枝所写的诗中，似乎并不像写给华阳的情诗那般直白痴迷，他将这个娇俏动人的女子，化作生命中的旁白，也将自己化作她生命中的匆匆过客。曾经的情深，被笔墨掩盖成烟云。他骗得过天下，唯独骗不过自己的心。那份情，不会被掩埋消失，那个身着绿衣的少女，在清浅的春光里，朝自己浅浅微笑的模样，或许，他一生都忘不了。

画屏绣步障，物物自成双。
如何湖上望，只是见鸳鸯。

——李商隐《柳枝五首·其五》

在最后的诗中，义山终于无法隐忍按捺。“得成比目何辞死，愿作鸳鸯不羡仙。”他是悔恨的，恨命运的错过，恨自己的逃避与懦弱，恨他们不曾立下今生无缘来生再相会的誓言。当他徜徉在秀色如云的山湖里，忽然发觉身侧的一切都是成双成对的，山色如梦，倒映在清澈的湖水中，仿佛携手同行。而堤岸上来来去去的行人，竟然没有人是如同自己一般，孤身而行，孑然而去。他举目四望，只觉得意兴阑珊，而青碧的湖水之上，双双游走的鸳鸯，仿佛是对他的讽刺与嘲笑，冷厉的，不留情的，避无可避，逃无可逃。

可是追悔和伤痛，又能挽救什么？人生莫过如是，再悲伤疼痛，都要向前行走，不管愿意，还是不愿意。时光总会默然流逝，曾经深爱的人会苍老，曾经投注过魂的情会蒙尘。春风不带玉门恨，我们的诗人，依旧要随着生命的逝去而前行，尽管他并不知道，未来会是怎样的模样，而终点，究竟到哪里才是终点？

开成元年。这年，义山停驻在了长安，等待来年的春试。看上去，他似乎为这件事情十分烦恼，前程的未知如同久不散去的乌云，深深地盘桓在他的心头。实际上，久经风雨的义山，并未为此事过度忧心，科举仿佛成为了一件生命中必不可少的事情，人生旅途中必须要经过的一个港湾。此时的义山，挑灯夜读至夜深，闲时坐看云卷云舒，花开花落。他已经明白，一切都是命运使然，强求的结果，只会给自己带来又一道伤痕。

居于长安的时候，好友令狐绹带着他结识了许多人，其中大多数是长安城中的权贵子弟。令狐绹的意思，是想让义山多结交一些朋友，好在日后的科举考试中有所助益。他是真心实意地为朋友考虑，能够有这样的朋友，是义山的福分。好友的心思，义山心知肚明，可是他一向秉承的是性情相投的交友原则，合则聚，不合则散。他从未强求过朋友的来去，只是好友的一番好意，他只能心领神会。幸好，在那些权贵子弟里，确实也有几个是有真才实学的，他们很快同才华横溢的义山结为知交。其中，就有真正的皇室子弟李肱。

义山一向是以皇室子弟自居的。诚然，他的身体里流淌着大唐皇室的血液。然而，血缘的传承到了他身上，已经依稀微渺。百年的变迁，家族的没落，磨灭了一个名门的荣光，世家大族的巍峨是岁月的积累，脉脉的历史长河里，有些世家轰然倾塌，有些屹立不倒，有些逐渐走向没落。可是再多的苦难，都无法消磨这些人骨子里的骄傲，那成为了他们血液中的高贵，虽死犹存。义山，亦是如此。家族的没落，并不是以地位的变迁而确认的，一个家族，是在后世子弟的冷漠平庸里走向灭亡的。

当所有的人都甘于平凡，不愿承担起家族的责任，再也不为自己的血统而骄傲，那才是一个家族，真正的没落。李商隐和李肱的身上，都流淌着皇族的血液，唯一不同的是，李商隐的家族早已被排挤出了繁华的长安城，而李肱作为他那一脉的子弟，依旧可以出入长安，肆意风流，为皇族宗室所承认。他们两人是一见如故，李肱对义山的诗名倾心已久，虽然他的诗作得不好，可他品诗赏诗倒是一流。或许，在多年前，他从街头巷尾流传的义山诗中，在那个笔墨的世界里，早已同温柔隐忍的诗人，神交往来。

知己是什么？人生最难寻觅一知己。高山流水，曲高和寡。钟子期为俞伯牙断了琴，知音二字，重如千钧。这个偌大的人世，始终都有一个人，懂你，了解你，知道你心里所有的忧愁悲伤，当你欢喜时也能够感同身受，很多话不用说出口他就能够洞悉如自身，有时候一个眼神的流转，就能明白彼此的心思。宽慰理解，体贴包容，没有世俗的烟火和残酷，也脱离了苦痛，该是一件多么美好的事情。

而义山和李肱，一样热爱修仙，一样喜欢琴棋书画，一样热衷醉笑痛饮。李白说，举杯销愁愁更愁。酒是好东西，能销愁，还能促进友谊。试想春衫薄，酒上眉梢，岂不是一件快事？朋友，不是越多越好，然而知交，却是不嫌多的。由于李肱的关系，义山认识了王茂元的两个儿子，王十二和王十三。时年，王茂元为泾原节度使，在外就任，两个儿子则居于长安旧宅，只是旧宅冷落，两人时常居住在长安的舅舅家。他们的舅舅李执方，时年就任金吾将军，居于长安城招国坊。虽然出身名门，然而两人并没有一般权贵子弟的纨绔之气，反而温和内敛，文质彬彬，同义山亦是一见如故。

此时的义山，沉溺于知交带来的感动中。爱情的伤痛，逐渐愈合，伤痕成为了旧日惨淡细微的影子。此时的他，却不知道，就在不久的将来，爱情将会以一种全然不同的面貌，向他袭来，带着翻天覆地的激情与缠绵。没有爱情的义山，如何能够写出那些缠绵悱恻的诗篇？他注定，将会用他的一生，颠覆情爱。这是他的宿命，亦是义山诗的宿命。

暮雨芙蓉

初遇。这是一个多么温柔美好的词。让人想起清秋的温柔和苦雨的缠绵。晏幾道曾写过：“落花人独立，微雨燕双飞。记得小蘋初见，两重心字罗衣。”所有旖旎的过往，都始于那次无法忽视和略过的初遇。那个花开半山的时分，谁会想到未来的岁月，将会有那么多的牵连纠缠？如同断藕的残丝，挥不去，吹不散。

还记得那个伫立在落日余晖中的少年吗？夕阳如血，众生和大地都被蒙上了依稀的残红，那个高高瘦瘦的少年，行走在风吹过的街道上，时不时露出黑发下一张清秀而年轻的脸。岁月还没来得及在他的脸上留下痕迹，一切都那样美好纯净，如同被定格的漫画。是谁经过他的身边，背着沉重幼稚的卡通书包，扎着天真可笑的两条发辫，匆匆忙忙莽莽撞撞，踉跄奔跑过整条短短的小路。这场初遇，有心人会记得，无心的人会擦肩而过，可命运会定格，时光会纵容，就停在这一刻，哪怕只是短短的一个瞬间。

后来，他会成为沧桑却成熟的男子，她会蜕变成坚韧果敢的女子，流淌的岁月可以改变所有人曾经青涩或纯净的脸孔，可是谁敢说，那些干干净净的过往，不曾存在？那不是消失了，那只是被挽留了，仔细寻觅，还会找到那些细小的蛛丝马迹。

我喜欢我们的传说。在每个人出生的时候，月老就会在孩子们的脚趾上系上细细的红线，不管近在咫尺，还是远隔重洋，顺着那根无形的红线，总会找到自己命中注定的那个人。爱的面貌有千百种，可在神坛之下许下神圣誓言的面容总是相同的，微笑，酒杯，花朵，还有身后拖着婚纱的两个小天使，一切都符合幸福的定义。月老一定是一个慈祥的老人，或许，他的欢喜只在于相爱的人们许下誓言的那一瞬间，此后不论悲欢离愁，不论幸福或痛苦，都是个人的造化和缘法，他只在乎那一刻。而那一刻，是永恒。

那时的义山，一定想起过这个美丽的传说，也一定在猜想，自己的红线，将会引导着自己，走向怎样的未知。他猜测那个缘定三生的女子，是美丽或是平庸，是蕙质兰心或是寻常无奇，会是来自名门望族的大家闺秀，还只是活泼的小家碧玉。他试想过千万种可能，也想过那个玉阳山上深爱过的女冠，如果不是那样的结局，他们能否相守一生。也想过烟柳如织下相遇的那个女孩，若是没有人横加阻拦，他们是否已经在一起，到如今是否连孩子都已经在咿呀学语，咯咯笑着含糊撒娇。

然而，他不曾想过，月老的红绳是那样奇妙而峰回路转。冥冥之中注定的缘分，会落在那个他从未产生过任何绮念的孩子身上。

开成元年，深秋，王氏兄弟二人回到洛阳的祖居，他们邀请义山前来小住，义山欣然往之。王氏祖宅的花园，在洛阳这座花城之中，亦是闻名遐迩，既然来了，又如何能够不尽兴而归？深秋的景色，在这座精致却磅礴的花园之中，显得更加幽深静美。深红的枫叶，流入语声潺潺的溪流，如同哪家的闺阁千金，无心撒落的一地胭脂，芬芳醉人。菊花幽幽绽放，高洁纯净，不免令义山想起了那位不为五斗米折腰的诗人，和他品性清幽的句子。“采菊东篱下，悠然见南山。”他徜徉在这片秋色里，却无意间惊动了一片琳琅。

嶙峋的山石下，粉衣罗裙的女子们簇拥在秋千架下，笑声如穿过山林的银铃，却又翩跹得如同飞舞的蝶。那应该是王氏兄弟的几位妹妹，带着侍女们出来游玩。义山虽然是她们兄长的朋友，到底也是生人，侍女们鱼贯离去，带着几位小主人。义山早已听闻王家有七位貌美如花的千金，能文善赋，琴棋书画样样精通。虽然心下知道冒昧，却还是忍不住偷偷看了几眼。他的无心，亦是无知，却不知这一眼，望穿的是今生的姻缘，尽管他无知无觉。

走在最后的是一位十三四岁的小姑娘，淡红的衣衫，还梳着及笄之前的双环髻。《红楼梦》里黛玉初见贾家三位小姐，迎春与探春，都被描绘得风流秀美，唯独年纪最小的惜春，只用了一句“身量未足”带过而去。未长成的孩子，实际上也自有婀娜。那个天真却优雅的小姑娘，虽然还只是豆蔻的年纪，却已经秀眉长目，姿容端庄，一笑一颦都别有韵味。更令义山诧异的是她那气定神闲的温雅，不像她上头的几位姐姐，遇到生人便匆匆而去，而是不疾不徐缓然行走，仿佛全然都不放在心上。

义山的目光落在她的身上，为她的气韵神色而暗暗刮目。仿佛对源于身后的目光有所感应，她轻轻回眸，眸色幽深，璀璨如星辰，就那样轻轻地静静地一瞥而过，如同蜻蜓沾水一样，清冷飘忽，浑然不在意，仿佛只是一种轻微的探究，只需要确定自己的感觉是否准确一般。只是，义山不知道，那并不是不在意，那只是不得不在意。

匆匆而来的王氏兄弟，将义山带到了待客的厅堂，酒过三巡，就求着义山作诗。这位朋友已经是名声在外的诗人，好不容易相请而来，如何能够不留下墨宝？桌上是美酒佳肴，环绕身侧的也是王家姿容秀美的侍女，可义山想起的，却是方才那双清冷的双眸。那个端庄秀美的孩子，再如何出众，也是在这冥冥世间随波逐流的女子，她的命运，他不能预知，可天下所有女子的命运，都是由不得她们自己的。酒意酣畅而来，袭上心头的忧伤和怜惜，化作落笔的墨色，字字情深意切。

八岁偷照镜，长眉已能画。

十岁去踏青，芙蓉作裙衩。

十二学弹筝，银甲不曾卸。

十四藏六亲，悬知犹未嫁。

十五泣春风，背面秋千下。

——李商隐《无题》

这是义山，对当时所有女子命运的写照。小小的女孩，从天真无邪的童年，成为待嫁的女子，从无知到成熟，对未来命运的担忧，都隐藏在了秋千架下。陪伴自己成长的秋千，都已经被岁月侵蚀生锈，而正待芳华的自己，又将会前往何方？而嫁作人妇之后，或许就连秋千，都无法重新触摸飘荡。一句“背面秋千下”，那副未出现在镜头中的容颜，如同晨雾里莲花的侧颜，依稀未明，不知是欢喜，还是悲伤，抑或忧愁。

而此时的义山，也不知道不远的身后，有着清澈双眸的小姑娘，正悄悄掀开了帘子，无声无息地注视着自己，将其吟诵的诗篇深深镌刻下。她将他七步成诗的敏捷诗才记在了心里，亦将他清瘦俊秀的脸庞放在了心上。穷困潦倒的书生和名门望族的闺秀，总是戏曲里最好的题材，唱了千百年，演了多少个世纪，也有人百看不厌，仿佛身份的悬殊，越发能显示出爱情的纯真和毫无道理。而彼时，义山不算是一无所有的穷小子，那个容颜未展的小姑娘，还没有出落成真正的闺秀。可无形的红线，已经逐渐浮现，命中注定的姻缘，用这样一种悄然无声的方式，在彼此的心里定格下最初的相遇。

或许，这次相遇，在小姑娘的心中已经情根深种。然而，在义山心中，那不过是一次小小的邂逅，或许连邂逅都不能称上。那是一个带着几分旖旎情思的词，风花雪月的开始，爱得死去活来的初兆。而义山对她，不过是欣赏和敬佩，相遇之后感叹几句，到底是名门教养的千金，便作罢了。那是一份干净的情怀，不关风月，不牵扯任何爱与恨。他更加难以忘却的，依旧是玉阳山上的宋华阳。最初的恨意已经随着时光消逝而去，剩下的只是一份依恋和思念，他不知道她过得好不好，也不知道她是不是偶尔也像他一样，想到那曾经甜蜜芬芳的过往。少年游，妾执手，脉脉相送。他追悔的，不过是那些爱过他和他爱过的女子，都不曾有机会轻声告别和祝福。或许，烟波散去的时节，她们能够收到。

月姊曾逢下彩蟾，倾城消息隔重帘。

已闻佩响知腰细，更辨弦声觉指纤。

暮雨自归山悄悄，秋河不动夜厌厌。

王昌且在墙东住，未必金堂得免嫌。

——李商隐《天水闲话旧事》

这首诗，是一场默然的追忆。如同义山所说的，那只是一场旧事，被深埋在浩渺的记忆里，暮雨时节忽然卷土重来，硝烟四起。阶前的红与翠，都如衣湿透，唯有孑然一身的老榕树，仿佛独自清明。千山暮雪，只影成绝唱。这场旧事，并没有给自己带来预料当中的痛楚，只有淡淡的忧伤，像是窗下安静绽放的茉莉花，悠远而淡静。

那段时光，也像是窗台下的小小白花。居住在洛阳王氏旧宅的日子，沉静如水，偶尔有淡淡的欢喜，如同波澜相生。他同王家几位小姐也渐渐熟稔起来，那些千金小姐，也不再像从前一样一看到他就躲进绣房，时常落落大方地出来同他谈论文学。义山终于知道，那位小姑娘是王家最小的女儿，女孩中排行第七，大家都叫她七小姐，可家中兄长姊妹们却时常唤她小蝶，那是她的闺名，美丽得如同那个秀美的姑娘。

落花时节，千里逢君。缘分真的是很奇妙的存在，哪怕相隔千万里，哪怕来自不同的国度和文化背景，两个人也能够有相逢的机会。当缘分就这样在义山面前轻轻展开时，他没有留意到，他像是一个落拓不羁的浪子，行走在偌大的天涯，匆匆的旅程使他忘记了去欣赏沿途绝美的风景。直至沧海中皎洁的月光，温柔地洒满他的心灵，他才记得要回首，寻觅，猜测，最后倾心。故事里所有的主人公，都有过最美好的一段时光，在义山心中，那或许就是他，最美好的时光。

琴心长明

初来小苑中，稍与琐闱通。
远恐芳尘断，轻忧艳雪融。
只知防皓露，不觉逆尖风。
回首双飞燕，乘时入绮栊。

——李商隐《蝶》

我是在一个阴沉的天气里，看到了义山的这首《蝶》。80后和90后的年轻一代，应该都还记得当年那部红遍大江南北的电视剧《还珠格格》，明眸皓齿活泼聪明的小燕子，温柔如雨娴静美好的紫薇，其实我记得更清楚的是那首《雨蝶》，名字很美，也很动听。歌词大概是这样的：爱到心破碎，也别去怪谁，只因为相遇太美……我向你飞，多远都不累，虽然旅途中有过痛和泪，我向你追，风温柔地吹，只要你无怨，我也无悔……

回忆真是一个奇怪的东西，如果有心，处处都可以承载记忆。不论是山外的浮云，还是春日里的清脆笑声。有人说，当你不断地回忆起过往，那就说明你开始老了。不是全然没有道理，回忆这种事情，总要经历一些世事才行。可天真无忧的孩童也时常将昨天挂在嘴边。回忆，更应该是一种心境，是铅华过后，一种淡然的自知。许多事情，只有自己才明了，许多情绪，也只有自己才知道。天气不好，或许实际上不过是因为心情不好。

在看到《蝶》这首诗的那个时刻，或许不过是因为我心情沉郁，于是觉得天气阴沉。我仔细读着义山这首诗，那是他难得活泼欢喜的诗之一，因着悄然滋长的绮念。可欢喜过后，依旧忧心忡忡。他在害怕什么？蝶，这个词让他想到了什么？是那个闺名为“蝶”的女子吗？

时光沉沉而去。当年梳着双环髻的小姑娘，逐渐长成了姿容美丽的女子。脱去了稚气的容颜，开始流露出属于成年女子的美好娇俏，唯有那双清澈明亮的双眸，还依稀流露着往日的纯真。一场爱情的开始全无道理，当义山发觉自己已经对这个曾经的小姑娘，暗自倾心时，他一定有过微微的惶然和不安。

其实他早该明白，那个小小的少女，对待自己从一开始，就是与众不同的。相思莫言，或许连她自己都不晓得，自己的心，是从何时开始沦陷。是嶙峋的假山后的一个回望，落花丛中的清瘦身影，还是那夜的文采风流才思敏捷。他就像是一颗顽固的种子，任性地在自己的心上落地生根，无论如何都无法驱逐而去。那是入侵的敌人，她却无力抵挡。都说少女情怀总如诗，在她的豆蔻年华，忽然走入一位才情兼备的清秀诗人，那仿佛是命中注定的沦陷，愿意或不愿意，都注定要颠覆她的人生。

而义山，他应该早就发现她的相思意。或许，他并非没有察觉，只是不敢察觉。他是书上一穷二白的书生，她是戏文里名门的闺秀，这样悬殊的身份，他又怎么会不自卑？他一向是温柔谨慎，小心翼翼的，不敢行错半步。与华阳的痴恋，已经耗尽了他的力气，而与柳枝的离别，悔恨又伤透了他的心。他不知道，这样的自己，怎么会被小蝶垂青，又怎么值得那样一个美好的女子，在自己的身上，投注最美好的年华。

若是义山一直这样迟疑着，若是他始终不能够自信起来，或许，他就不再是我们所见到的义山，而那些华美的此时还不曾问世的诗篇，也将同我们擦肩而过。而小蝶，或许在几年之后，听从父母之命，媒妁之言，嫁给门当户对的人家，一世衣食无忧，一世荣华富贵。她会有自己的夫君和孩子，安逸的生活令她从容地成为优雅的贵妇，而年少时分稚气未脱的爱恋，被珍藏在幽深的心底，谁都不曾知晓。她会成为他生命中，一段小小的插曲，而他也不过在她生命中，扮演一个轻微却留有痕迹的角色。

幸而，命运终究注定，相爱的人一定会拥有相遇的机会。这个机会的来临，或许在一个深夏的时分，落花拂衣，小径通幽。独自行走在花园中的两人，终于被红线牵引，相遇在静谧无人的山石后。那一定是一次短暂却深刻的相遇，青涩美丽的少女，在心上人面前，有微微的局促，可多年的教养，依旧让她镇定沉静，甚至朝他微微笑了一下。她跟他所有深爱过的女子，是那样不同。她没有华阳的热烈奔放，没有桃叶姐妹的温柔解语，没有柳枝的娇俏动人，可她就是那样与众不同，就那样轻轻站在一侧，笑吟吟的模样，就足以令他神思错乱。他竟然是喜欢着她的，喜欢着这个像是自己看着长大的孩子，他终于在这一刻，清楚了自己的心。这个认知，像是灼热的炭火，令他慌乱地退后了半步。

会不会，就这样错过，就这样擦肩直到永久？沉静娴雅的女子微微怅然地想，她的教养和家世，不容许她像那些明艳如骄阳的女子，可以奔放地说出心中的所想所爱，那些炽热的表白她无法开口言明，她只能轻轻望着他，将所有的情思都蕴含在双眸里，希望他可以明白洞悉。那是她多么重要的东西，或许终其一生，也不过只有这么一次。

若是一秒可以地老天荒，那么下一秒，或许也可以颠覆沧海。阅尽红尘的诗人，终于抬起双眸，拾起了她的微笑。真挚的爱情，不需要华丽的语言来修饰，而心灵相通的两个人，一个眼神，就能明白彼此的情意。刹那，就是海枯石烂。嫣然飘香的白梅，幽幽绽放，这梅花开得太迟，迟得连蝴蝶都要翩然而来。他遇上她，竟是那样迟。义山黯然地想。

当他行走在草长莺飞的江南，品味悠长如画的书香时，她不过尚在襁褓之中，咿呀学语。当他穿过万千的人海，越过紫陌与红尘时，她还是个豆蔻年纪的少女，不解忧愁滋味。而当他经历过人世的沧桑，一颗心反复覆灭之后，她来到他的身侧，一笑莞尔。她是温柔的解语花，是心畔的一缕芬芳。她分明，来得那样迟。

明白了彼此的心意后，这个阴沉的天气，仿佛在霍然之间，变成了万里的晴空。有人爱着，等着，守候着，清冷的初春季节，变得温暖明媚。义山不再害怕孤单和寂寞，因为他知道，他的蝶，一直在深深的庭院里，牵挂着，等候着，期待着他。那是开成二年的春天，义山再一次参加了当年的科举考试。由于好友们的帮助，还有自己的真才实学，他终于通过了这次考试，也就是所谓的“中进士”。此时的义山，终于脱离了一身布衣，可以凭借进士的身份，走上仕途了。

然而，当这份曾以为会甜美无比的果实，隔了十年的时光，放在自己眼前时，他忽然觉得，它其实并没有自己想象中的那样甜美。谁说过春风得意马蹄疾，谁又一日看尽长安花？那些风流潇洒的得意事，仿佛要少年人做起来，才有意思。其实他并不老，只是看过太多人情冷暖，经历过太多世事浮沉，虽然还算得上年轻，可心却如同看透了人生浮梦。所以这次中举，他像是终于完成了一个必须要完成的任务一般，长长松了一口气。真实的欢愉，像是隔了雾的花、水中无法触及的明月，总是隔着迷蒙的纱，是那样不真实。

中进士之后的事情极多，然而他只牵念着那个深闺重帷后的女子。月光可曾拂过她的纱衣；青碧萧疏的树影里，她可曾独自徘徊；她的深闺梦里人，是不是现在这个记挂着她的人？未久，他听说王茂元大人即将返回长安，与他一同回来的还有他的夫人，他们是为了两个尚未出阁的女儿的婚事。据说，他们将会在今年中举的士子中，挑选幸运的青年才俊。义山不知，这样天大的福气，会不会落在自己的头上。

于是，那次中进士的士子曲江同游，他尽兴之余，未免郁郁。那是一块深深压在他心头上的磐石。他知道，自己深爱着小蝶，而小蝶也深爱着自己。可是他也知道，自己并非她的良人。爱情，又算得上什么呢？一生的相依相守，在纷繁的世俗面前，有多少爱被打败，落得灰飞烟灭；又有多少以为能够携手白头的情人，默然诀别，再不相见？他是寒门士子，而她是闺阁千金，他已阅尽沧桑，而她不过青梅初上。这样的他，要怎样才能开口，去她的父母面前说，请将你们最疼爱的小女儿嫁给我吧，我会一生都好好待她，永不相负？

那样的话，他并不是不想说出口。只是每次，都黯然离去。他并不是不爱，只是不相信自己，能够给深爱的女子，带来他理想当中的幸福。或许，那样好的她，值得更好的人，给她无忧的生活，让她可以继续养尊处优无忧无虑地活下去。甜蜜的爱情，并没有让他丧失了理智，他需要一个从容的时间，去给自己自信，允诺她一个未来。这不是自卑地畏缩，而是另一种沉重的沉稳。他一向细微谨慎，没有确信把握的事情，就不会轻易开始。

可他又是那样害怕，她会被父母许配给比自己更好的人。这并非源于嫉妒，只是他在害怕，像失去所有曾经爱过的人一样，失去她。幸好，这次王茂元只为一个女儿择定了夫婿，那是他的第六个女儿，比小蝶年纪稍长。而小蝶未来的六姐夫，是义山此次的同年韩瞻。这个年轻人性情活泼，与稳重的义山在一起，仿佛性格互补，两人虽然算不上知交，亦是相识的好友。何况，义山知道那是小蝶未来的姐夫，于是心里也就格外亲近了几分。

都说人生有双喜，洞房花烛夜，金榜题名时。年纪比自己还要小上几岁的韩瞻已经好事在即，而自己依旧前途未明，一向不露喜怒的义山，未免也忧思难解。这份愁肠，却被小蝶的舅舅，也就是王氏兄弟时常留宿在其家中的金吾将军李执方看出了端倪。那是个古道热肠的老人，心底最是善良不过。在他数度询问之下，义山终于向他吐露出了实情，并且请求他在王茂元夫妇面前多美言几句，请他们允许将小蝶嫁给他做妻子。

年轻人的爱恋，过来人如何能够看不出来？听义山亲口说出，李执方答应得十分爽快。李商隐这个年轻人，品性良好，又是名满天下的诗人，如果说此前还有什么不足的话，那么一切问题都在他进士及第后得以解决。如此良婿，王茂元夫妇又有什么不能同意的呢？善良的老人如是想着，笑着给义山打了包票。

一切阴霾，仿佛都烟消云散。接踵而来的，是无以复加的欢喜。他忘却了所有的忧愁，唯独记得她的笑靥，设想着他们的未来。

日下繁香不自持，月中流艳与谁期。
迎忧急鼓疏钟断，分隔休灯灭烛时。
张盖欲判江滟滟，回头更望柳丝丝。
从来此地黄昏散，未信河梁是别离。

——李商隐《曲池》

那年春深，风起花落。他的欢喜，溢满了整个曲池。

寒风残雪

> 今月二十四日礼部放榜，某侥幸成名，不任感庆。某材非秀异，文谢清华，幸忝科名，皆由奖饰。昔马融立学，不闻荐彼门人。孔光当权，讵肯言其弟子。岂若四丈屈于公道，申以私恩，培树孤株，骞腾短羽。自卵而翼，皆出于生成。碎首糜躯，莫知其报效。

这段话，写在义山给恩师令狐楚的私信中。时年，诗人终于通过了进士考试，虽不至于春风得意，却足以扬眉吐气。然而，扬眉吐气的背后，却并不只是由于他的满腹才华。更多的，是令狐楚的人脉关系，以及他暗地里的关照。

对于恩师的帮助，义山是感激涕零的。那位德高望重的老人，从相识开始，就对这位弟子给予了无微不至的照顾。一日为师，终生为父。何况，令狐楚对义山的恩德，如海高深。于是在放榜之后，义山要做的第一件事情，就是给恩师写信，是报喜，亦是道谢。这段话翻译成现代文大约是这样的：

今年的二十四日，礼部放榜。我侥幸中举，感到十分高兴。我并不是什么栋梁之才，文采也绝非清华高雅，能够上榜，更是您的一种奖励。昔日桃李满天下的马融，从不肯举荐自己的门人，而孔光当权时，也不曾为自己的弟子铺设道路。哪里像您，能够为我直言，求一个功名。自此，我纵使上刀山，下火海，也不能够报尽您的恩德。

行文里，字字句句都是对恩师的尊崇恭敬，丝毫不敢因为自己的功成名就而有所怠慢。据说，令狐楚收到这封信之后，亦是十分高兴，回信说让义山处理好所有的事情之后，去他的幕府中帮忙。如今，义山已有功名，作为幕僚虽然大材小用，可毕竟是在自己老师的麾下，无论如何都不会受到亏待。

只可惜，逐渐老去的老人，并未等到最宠爱的弟子归来的那一刻。

那年杨柳零落，日光渐长。柳絮如梦如烟，不知吹入谁家深深的庭院，惊动了哪个荡秋千的少女。这样清冷的暮光里，最适合缅怀和思念。旧忆并未石沉大海，一去不返，那是由不得人的感伤，总会在无欲无求的时刻，点染几分伤怀。隔岸烟花柳色，灯火照亮了整座船，有歌女轻柔忧伤的歌声迷离而来，如泣如诉，哀婉缠绵。

风尘硝烟里的旅人是匆匆过客，无暇驻足停留，听一听歌女的忧伤，怀念总是不断离去的前生。唯有柔软的诗人，能够听出歌声里的哀凉。行走在苍茫暮色里的诗人，一身白衣，一尘不染，清秀文弱，如同被贬至凡尘的星君。他的路程并不漫长，而那凄凉的歌声，仿佛是种温柔的召唤，呼唤着他走上夜船，喝一盏清酒，赏一个小曲儿。这种风雅的事情，义山应该是心驰神往的，可他只留下一个回眸，就匆匆告别而去。

世事总是那样凑巧，仿佛是宿命的捉弄。他深知，命运是顽皮淘气的孩子，任性而懵懂，他不懂人间的情与爱，也不懂生与死的沉重。开成二年的初冬，令狐楚身患重病，卧床不起。义山同令狐兄弟一起，急速前往如今的陕西南郑。而之前，他还在洛阳的家中，照顾同样卧床的母亲。母亲同样年事已高，时光让曾经为他遮风挡雨的身体，变得虚弱不堪。自从寄寄夭折，羲叟夫妇又生了个孩子，依旧是个女儿，活泼的孩子，总算慰藉了老人心中的孤冷寂寞。她唯一放心不下的，是依旧孤身一人的长子，若是她撒手离去，那个孩子，又会多寂寞呢？虽然他不说，不怨，不恨，可当母亲的，怎么不知道孩子心中在想什么呢？若不是自己阻拦，那个叫柳枝的姑娘，或许能够温暖他的孤寂吧。或许，此时他们的孩子，都能够跑跳着叫自己奶奶了。

义山看出了母亲心中的愧疚，为了宽慰年迈的母亲，他将自己与小蝶的事情告诉了她，并且安慰母亲说虽然两人门庭悬殊，可他与王氏兄弟是好友，又有李执方当大媒，应该不会出什么岔子。母亲果然放下了心，为长子暗自欢喜。可义山，却陷入了惆怅担忧之中，他不知道，自己说的话，是否能够成真。那样斩钉截铁的肯定，是安慰了母亲，还是安慰了自己?

恩师病重的消息，却在此时传来。不日，义山同令狐兄弟，一同踏上了旅程。这段路，风萧水冷。他忽然觉得，任何爱恨，在生死的面前，都是那样渺小，仿佛全然不值得一提。他祈求，让自己一切的努力，还来得及。他才刚刚考中进士，对于恩师，还没有任何回报。虽然他明白，恩师并不会在乎自己的报答，然而那总归是一种欢喜，一番心意。

从洛阳前往陕西的路途迢迢，他们从渺无人烟的荒野上穿行而过，在星辰寥落的夜里无声赶路，突兀的巨石从眼底穿梭而过，他们几乎忘记了，这条一向人烟稀少的道路，走起来有多么危险。后来义山形容这次匆匆的旅程为“绝崖飞梁，山行一千”。他们如同知返的倦鸟，从万里的层云里慌忙归还，如同之前的义山，甚至都来不及，给谁一个温柔的回眸。

到底是晚了。那个悉心教导自己的恩师，已经是沉疴难愈，缠绵病榻。这场病，来势汹汹，谁都束手无策。而之前，那还是一位威严健谈的老人，正直而清白，像是黄山上巍然屹立的青松，谁能想到，下个瞬间，曾以为永不倒下的青松，就轰然倾塌。义山和几位兄弟侍奉在他的床前，希望奇迹能够发生。虽然那个希望，如同希望有永不坠落的星辰。

仿佛是一场轮回。经年而去，同窗苦读的清秀少年们，都已经长成了英俊的男子，可以独立撑起一片天地。多少人在时光里，渐渐松开了紧握的手，也有多少人，被岁月的变迁冲散，面目全非，连过往都变得支离破碎。因着这一场病，那些年少时的朋友，仿佛回到了亲密无间的从前。彼时，令狐绪已荣荫国子博士，令狐绹就任左补阙，连最小的九郎也已出仕。最宠爱的弟子义山，亦是进士。满门的荣耀，却并没让他们的友情更上一层楼。人世沧桑，总有那么多的不得已。那些年少时的感情，仿佛已经随着时光的流水东逝。而此时，兄弟朋友重新相聚，旧年的情感，如若被重新唤醒。

看到兄弟几人，重新拾起了过往，病榻上的老人，也深感欣慰，精神亦似乎有所好转。还有什么比老父病愈更值得欢喜？当兄弟几人由衷高兴时，义山却依旧忧心忡忡。他见过太多生死，经历过太多亲人的永别，深知有种情况叫作“回光返照”，那不过是一场空欢喜的假象。仿佛勾魂的使者，不忍看到人间的离别太神伤，特意给人告别的机会。

义山的预感，竟是那样准确。一日，久卧病榻的令狐楚，让弟子给他吟诵年轻时自己写过的诗篇。恩师的诗写得极好，义山含泪，吟诵起了那些华美清幽的诗句。恩师最喜欢的是自己写的《年少行》：“家本清河住五城，须凭弓箭得功名。等闲飞鞚秋原上，独向寒云试射声。”那个活在诗中，意气风发的少年，是不是当年的令狐楚，潇洒，恣意，随心所欲地在天地间遨游，将整个世界都不放在眼里？那样的高傲不羁，是少年老成的义山不曾有过的，他最羡慕那些无拘无束的人，譬如李太白，可生活却令他变成了另一个杜子美。

时光，就是那样强大。能够让那样一个任性快活、鲜衣怒马的少年，变成眼前这个垂垂老矣、手无缚鸡之力的老人，它又会将这个老人，带到哪里去？义山回首，声已哽咽，而床上的老人，亦是泪流满面。百年后，一切都将化为烟尘，有谁能记得他们，这些也曾在这个世界上哭过笑过，爱过恨过，愤怒过悲伤过的人呢？而他们嶙峋的白骨，或许早已灰飞烟灭。他语声欲断，强自隐忍着继续吟诵：“少小边城惯放狂，骣骑蕃马射黄羊。如今年老无筋力，犹倚营门数雁行。”

声落，灯灭。苍茫的深夜里，谁泣不成声？恍惚里，如若灵魂离开了躯体，斩断了关于尘世的最后念想。那是自己在哭吗？一切都恍然如梦。撕心裂肺的悲伤，仿佛已经经历过无数次，那颗心，却为何，始终不曾麻木？他缓缓地走出房门，望着遥遥无际的星空，忽然想起那个美丽的传说，地上死去的人，灵魂都会变成天上的星辰，那么他的父亲，他的姐姐，还有他的朋友，会是哪一颗呢？他们一定，在默默地守护着依旧在世的亲人们吧。

未久，令狐楚溘然而逝，时年七十一岁。这样的年纪，在当时已经算得上是高寿和天年。根据他的遗愿，义山为恩师写了遗表，这是他能够为恩师所做的最后一件事情。然而，他已经再也看不到了。他也化为了天际的星辰，永不坠落的星辰。丧事办得格外简单，那是他最后的愿望，不铺张浪费，不要给活着的人带来任何负担。布车一辆，就这样带走了这位给予义山极大恩德、如师如父的老人。他身着麻衣，一身缟素，伤心欲断魂。

朝廷的诏书已下，给这位三朝老臣一个“文”的谥号。跟多年前逝去的韩文公韩愈，是同一个谥号，或许朝廷认为他们同样在文学方面做出了极大的贡献，可实际上，令狐楚更愿意那些在“甘露之变”中无辜枉死的人，能够沉冤得雪，灵魂得以安息。因此，他生前数次叮嘱义山，千万要在自己的遗表中将此事写入。他始终惦记着那些含冤而死的人，始终憎恨着那些为祸一方的佞臣，若是此事不得昭雪，他亦不得安宁。

那是深冬的十一月，冰雪冷了这个大地。白衣诗人，对着满山萧萧的风雪，吟诵出了送行的诗章，他希望，那个还未远去的灵魂，能够听见。

俱识孙公与谢公，二年歌哭处还同。

已叨邹马声华末，更共刘卢族望通。

南省恩深宾馆在，东山事往妓楼空。

不堪岁暮相逢地，我欲西征君又东。

——李商隐《赠赵协律哲》

第四章
行人关乡梦未还

鸾凤如栖

两情若是久长时，又岂在，朝朝暮暮。一直以为，秦观的词，并不逊色于苏轼。宋人也多怜爱这个多舛而才华横溢的词人。于是辛辛苦苦为东坡编织出一个更优秀的妹妹，来配给秦观。然而这句诗词，却常常被人用在深爱的情侣分别之际。或许，实际上，那不过是他拿来安慰自己的话，借着那对被银河分隔在两端的恋人的口。

若是情深，又何必强求自己，去在乎朝朝暮暮？只是命运，奈何只能分别，在一个杏花春雨的午后。若是缘尽，又何必追求烟消云散的过往？命里有时终须有，命里无时莫强求。这种思想虽然有点儿随波逐流，可总算能让一颗心，自由行走。人世是苍茫的海，浮沉如梦，不论是谁，都有相互道别的一日，爱或不爱，留恋或不留恋，那都是心的纵容。

那年冬天。雪落满了肩头，山水仿佛被冻成了凝脂，苍白而柔软。心头的留恋，还在萦绕，悲伤的影子，亦是一直如影随形。骑在马上的年轻人，洁白而沉默，身侧的灵柩如同一个符咒，十年一场大梦，这场梦，仿佛随着那位老人的离去，逐渐走到了尽头。他忽然，不知自己该何去何从。从前，无论失意还是进取，他始终知道，总会有一个地方，永远为他敞开门庭，温柔以待。他有成就也好，没出息也罢，那里永远都会有一个位置，属于他。

他也知道，这次科举考试，老师是为自己出了很大力气的。他的离去，或许自己的仕途上，就会从此充满荆棘。踩着荆棘前行的路，他知道有多痛。鲜血和荣耀共生，惶然和利欲相随。那是一场无形的角斗，有人会迷失自我，也有人得到永恒。他不知道，自己是不是还能够踏上那条道路，成为两者其中的一个。可是他却仿佛有预感，当他将老师埋葬时，也在一定程度上，埋葬了自己的前程。

毁灭，总在不知不觉时。对未来的不安，令义山忽然之间迷失了方向。那年的深冬，是那样寒冷，连一向温和的长安城，都飘洒着点点雪色，如同一座开满了白色梅花的山寺。他同令狐兄弟挥手相别，今朝一别，不知何年何月才能重逢，而再度重逢，又会是怎样的模样。他不敢再想，欲念是捆绑灵魂的枷锁，他只能控制自己尽量不去思考任何事情。

茫茫然里，义山走到了李执方大人府邸的门口。下人认出了这位名满天下的诗人，恭敬地将他引入府中。李执方乐呵呵地从内堂中迎了出来，看到义山，脸上更是充满笑意。没等义山反应过来，他就急不可待地开口说："贤侄啊，你以后得改口叫我舅舅了。"

义山一时之间心魂迷蒙，只是发怔。

对方拍拍他的肩膀，提醒他道："跟着小蝶一同叫我舅舅。"

他像是终于回过神，随同魂魄一同回归身体的，还有无限沸腾着的欢喜。他几乎不敢相信自己的耳朵，一再追问，难道，难道是王大人同意将小蝶嫁给我了？得到了肯定的回答之后，他依旧如同身在缥缈的浮云之间。太过剧烈的痛楚或喜悦，都是这个不算强健的身体一时之间无法承受的。他久久不能从这份喜悦中落入实地，大悲大喜，义山第一次知道，原来噩梦之后，他还能拥有这样的美梦。

这个梦境是那样美丽，他情愿一生都长睡不醒。他后来才知道，王大人之所以同意将最疼爱的小女儿嫁给这个无钱无权的诗人，不是缘于大舅子的极力撮合，也不是两个儿子的轮番求情，而是小女儿自己的恳求与坚持。在这个女儿的身上，他看到了一种坚持，身为过来人的自己，深知这份坚持如果不能被成全，他深爱着的孩子，将会终其一生，都不得欢颜。能够有妻如此，义山又夫复何求呢？那是他的功德圆满，亦是她的贞心柔韧。

她并不是没有更好的选择，多的是爱慕她的王孙子弟，容貌人品，都是上上之选，可是那又怎么样。那些人都是很好很好、很好很好的人，只是不是自己心上的那个人。她想要的是那个满庭芬芳里，低声吟诵的年轻人，那个望着她时还会淡淡脸红的年轻人，如果不是他，这个世界上再好的人，她都不想要，不愿意要。所谓一生一代一双人，大约，就是这样吧。眼底，眉间，心里，灵魂里，都再也容不下第二个人，只有彼此，占据所有。

这场欢喜，冲淡了老师离世的悲伤。而忙碌的事务，也分散了义山的注意力。虽然松口答应了两人的婚事，然而身为未来岳父的王茂元王大人，依旧希望女婿能够有个正事，即使义山如今已是进士，不算白衣，可在这样的官宦人家中，未被授官的进士，到底脸上无光。他让义山到他的幕府中从事文职，担任掌书记。这也不是什么高官厚禄的职位，不过是未来岳父为女婿的思虑打算，亦是一番苦心。义山是知福的人，知道岳父都是为自己和小蝶着想，自然不会开口回绝，便打算随同岳父，前往泾原。

王茂元还为这个女婿向朝廷申请了侍御史的职位，如果能够申请成功，那么义山也算是官宦人家出身了。虽然名分已定，可是世间对于订婚的男女，限制得却更加多了。他和小蝶，久久未曾相见。思念和牵挂，如同想要冲破牢笼的欲望，无论如何，都气焰高涨。幸好，不久之后，小蝶也从洛阳来到了长安，住在李执方大人的家中，与此同时，李执方也将举行一场宴会，邀请了长安城中的权贵名流。作为未来的外甥女婿，义山亦是受邀参加。他合上淡红的请柬，想起心中那一道如水的倩影，不由得眉目柔和，笑意温暖。

那应该，是一个灿烂的夜晚。星辰是永恒不散的烟火，芙蓉花开，鳞次盛放，锦绣繁华里，他无声绕过缤纷喧嚣的酒席，身后响起了欢喜的箜篌声，不知在谁的手中，流淌出空灵美好的乐曲。灯火如同浩瀚的海，他寻觅着那道蝶影，却发觉，这条熟悉的路，怎么走都走不完。寻寻觅觅，兜兜转转，无果，这场喜悦的烦恼令他微微蹙起了秀气的眉，可是一回眸，她含笑，盈盈地站在人群深处，无声嫣然地望向自己。

她像是一朵开在繁华最深处的花，带着幽幽的芬芳，从不知名的森林里，来到他的身侧。他之前所有的爱恨奔波，都是为了她的到来而进行的铺设，而她就这样静谧地成长，盛放，在最好的时光里，走入他的生命，而后与他携手同行，甘甜和冷落都一起品尝。他望着她，想，他们一定会白头偕老，一定会儿女满堂，在人生最后的光阴里，一同告别这个也寥落也美丽的世界。他是那样珍惜着那朵花，他一定会，用尽所有力气，让她一直都笑意如画。

昨夜星辰昨夜风，画楼西畔桂堂东。

身无彩凤双飞翼，心有灵犀一点通。

隔座送钩春酒暖，分曹射覆蜡灯红。

嗟余听鼓应官去，走马兰台类转蓬。

——李商隐《无题》

或许，我们都深深记得这句“身无彩凤双飞翼，心有灵犀一点通”。这种爱的境界，是可遇而不可求的。谁不会爱，可是多少人能够爱到心有灵犀？源自灵魂的爱，是那样珍稀可贵，一旦遇上，就会刻骨铭心。灿烂的烟火盛开在天空，是为了与星星的相遇，瞬息的璀璨，不过为了短暂的相逢，可只要有爱，一切都是甘之如饴的。

而送钩和射覆，都是古时筵席上众人喜爱的游戏。有点像我们如今的桌游，热闹的游戏总能将气氛带动起来，而人与人之间的关系，就在这样的气氛当中更加融洽了。之前，义山还以为见过小蝶之后，心中的相思之情能够有所缓解，岂知这种甜蜜的痛苦非但没有减轻，反而还变本加厉了？幸运的是，这种折磨并没有持续太久，王家很快开始准备小蝶的婚事，她已经快要及笄，早日成婚是孩子们的意愿，何况成婚之后，义山也可以名正言顺地随同王茂元前往泾原，在岳父的幕府中做事，总好过有名无分地这样拖着。

我无法想象，义山是怀着怎样狂喜的心情，穿上大红色的喜袍，喜气洋洋地来到王府，拜别过泰山大人，将心爱的小蝶接回家中。那已经是他的妻子，他们不再是毫无牵挂的两个人。今后，他们将会是这个世界上最亲密的人，唇齿相依，荣辱与共。

只是美梦成真之余，总有几分淡淡的惆怅。因为时间的匆忙，连家中的母亲与弟弟都未能来到长安参加他的婚礼。婚事简单而庄重，在李执方夫妇的主持下，他只是修书回家，告诉亲人此事，同时他也去信告诉了令狐兄弟。然而归来的信使却说几位令狐兄都态度冷淡，尤其是令狐绹，听闻义山与小蝶的婚事后竟然怒气冲冲。好友的态度令义山万分狐疑，然而此时的他又无法离开长安，去询问一个清楚。只能一再修书，希望好友能够谅解。

他以为，那不过是因为好友无法接受在老师离去之后，自己这么快就已完婚。虽说自己并不需要为老师戴孝三年，可毕竟他们情同父子，自己的所作所为，确实是有负老师的恩德。可他已是别无选择，他无法再去辜负伤害一个深爱着自己的女子，他发誓要给她一生的幸福的女子。当他掀开她红色的盖头，看到那张既熟悉，又有些陌生的容颜，忽然觉得，因为她，因为爱，这一切都是值得的。

一切都是红色的，儿臂粗的龙凤红烛，灯油吱吱滑落，灯花忽然爆出一声喜悦的声响，容貌娇美的新娘忽而羞涩地垂下双眸。窗外宾客还未散尽，有人叫嚣着要灌醉新郎，那样喧哗吵闹。可这里，是一片安静的小小天地，只有他和她，一双，一对。好比丛林中活泼跳跃的双飞鸟。琴瑟在御，莫不静好。她浅笑着，说出这样的句子，乌黑的睫毛仿佛春深里娇媚的花蕊，他的心都让芬芳染尽，相思之苦，一夕之间得以圆满。他只觉得，为了这样的夜晚，再多的苦难和折磨他都心甘情愿。此后红袖添香，素手磨墨，琴瑟和谐，夫唱妇随，如果这样的生活能够到白头，一生一世，他亦无怨无尤。

江湖未休

闻道阊门萼绿华，昔年相望抵天涯。

岂知一夜秦楼客，偷看吴王苑内花。

——李商隐《无题》

据说，这是义山在新婚之夜同妻子戏谑而成的诗句，难得有种活泼俏皮的味道，微微的得意欢喜，仿佛是个终于吃到巧克力的孩子，连笑都带着甜蜜的滋味。秦楼的夜客，庭院里幽幽绽放的花，春风旖旎，好梦缠绵。情到浓时，处处都是碧海青天。

新婚的日子，总是无比地甜美。人们管婚后的第一个月，叫蜜月。甜蜜的一个月，这时候，新婚夫妇们大凡都是要结伴出行，做一次只有两个人携手的旅行，或许是在苍茫无际的绿色原野，像那些苏格兰民谣里唱的那样明亮和深绿色的草原；或许是在幽蓝睿智的深色海滩，有一间独门独户的白色小屋，夜半时分手牵手出来吃海鲜和新鲜的椰子；也或许哪里都不去，安安静静地待在新落成的房子里，彼此依靠，一同蜷缩深陷在柔软的沙发里，读一首惠特曼的诗，喝一杯自家酿成的红酒。

其实不管是去一座山，还是穿越几个国度，相爱的两个人待在一起，都会觉得甜蜜无比。而新婚后的义山，确实陷入了又一场忙碌之中，他忙于苦读，吏部的考试就在眼前，虽然岳父那里已经为他留出了职位，但他更想依靠自己的力量，给妻子一个温暖安定的家。

这让他更没有时间抽出空来陪伴小妻子，是的，之于义山而言，她实在是小，不过是十五岁的年纪，前不久才及笄。而他几乎年长她十多岁，虽然不至于是老夫少妻，但若是她淘气时忽然叫自己一声叔叔，自己也是够资格的。可小蝶虽然年纪小，性格却十分温和大方，为人处世亦是成熟体贴，将他们小小的家打理得有条不紊。他对她，暗然就滋长出了无声的愧疚和歉意，但是她并不介意，总是温柔地笑着，时不时给他送上一杯暖胃的茶。

过往的寂寞和冷清，仿佛在成婚的那个瞬间，从自己身上节节败退，轰然倾塌后悄然离去。他是那样知足，多年的漂泊流浪，令他更加珍惜家的温暖。他不是没有家，母亲和恩师，都给过他遮风挡雨的家，只是那里，随着时光的游走，总有一层无形的薄膜，间隔在彼此之间，令他微微窒息，不得不反复奔波，停靠，又重新开始这种循环。他曾以为，这种往返于长安和洛阳之间的流浪，将会没有期限，可他终于有了一个真正的家。那是完全属于他的，是他深爱着的女子，带给他的最美好的礼物。

彼时，他参加的吏部考试是博学宏词科的考试，这种考试一般更看重考生的容貌、言辞、文章，还有笔迹。义山容貌清秀，言谈温雅，文章和笔迹都是出自当年堂叔的亲授，而主持这次考试的周大人和李大人，亦对他的文采赞赏有加。于是，他对这次考试胸有成竹，以为终于能够凭借自己的实力一展心中不平之气。然而，就在他以为定局已成时，吏部的官员却告诉他，李商隐这个名字，被一位牛党的高官下令去掉。

这种情况，这些年来，还是头一次。义山万分愤慨之下，却又无可奈何。是的，不过是一介书生，又能够如何呢？他是后来才知晓，那次考试的失败，并不是他败给谁，而是败给了强大的世俗。他虽无心朝廷当中的党争，只愿成为浮世中逍遥自在的人，浮名利禄，他深知那不过是过眼云烟，又怎么会在乎那些虚无的存在？然而，他虽无心，世事却翻覆所有。他师从令狐楚，那是当时牛党的中坚人物，而他的岳父王茂元，则是李党中人。令狐楚死后不过一年，义山就与王茂元的女儿成婚，这在牛党中人看来，此人背信弃义，是个卑鄙无耻的小人。世事就是这样捉弄人，如果只是因为这些道听途说的言论，自己才名落孙山，义山或许不会过于伤心悲愤，然而，他隐约听闻，是令狐绹写信向吏部官员痛斥了他所谓的“罪行”。世上最悲哀的事，大约莫过如此。

被好友误会，出卖，以及不屑一顾。义山颓然闭上双眼，庭院里的草木萧萧簌簌，像是一首凄凉的歌。山石里的冷泉，无声幽咽，他想起当年他与令狐兄弟几人，同窗共读。自己不过是寒门士子，而他们是权贵子弟，却并不为此对自己有过任何的为难，反而亲密无间，连偷着去喝酒，都要与自己同行。当年中进士时，还是令狐绹向当时的主考官，大力推荐了自己。据说主考官高楷问令狐绹，谁同他最为亲密时，令狐绹一连说了三个“李商隐”，而此时，过往的亲密，是如今的讽刺，他除了更加尴尬之外，只剩下一片伤心。

或许，那种被至亲的好友背叛的感觉，是一种无力的哀伤。曾经的携手同行还在眼前，而此时双双已成了陌路。曾经以为即使整个世界都放弃了自己，他也不会离开的那个人，早已在无声中了断了彼此的过往，这种感觉，不啻是天塌地陷。义山无力地垂下身，日后还会不会有狭路相逢的机会，而那时，他该以怎样的面目去面对那个曾在自己的生命中，占据过重要地位，甚至改变了自己的人生的那个人呢？这份纯真的友谊，是不是就这样从自己的手中流淌而去，如同一去不返的时光，如同他时常写到的“蓬山”和“瑶台”？

沈约怜何逊，延年毁谢庄。

清新俱有得，名誉底相伤。

雾夕咏芙蕖，何郎得意初。

此时谁最赏，沈范两尚书。

——李商隐《漫成三首·其二》

《漫成三首》的落笔而成，是在义山惊闻好友对自己的误会和中伤之后。而第二首，义山自比何郎，洞房花烛的喜悦依稀如梦，转眼却是物是人非的悲凉。那时春风得意，仿佛一切都已经唾手可得，此时人走茶凉，水中冷月。自己无心卷入纷争，不过是凭着一颗心与一份情行走在世间。他摊开手心，横生的掌纹如同一张巨大的网，他忽然觉得，世事也不过是这样一张迷离的网，有人看透，有人身在其中，有人无知无觉。事已至此，除了豁然一笑之外，自己又能奈何呢？

新婚的妻子轻轻走到义山身侧，伸手握住他微凉的手。他的悲伤，他的不平和惶恐不安，她能明白，他们是心有灵犀的比翼鸟。义山朝着妻子静静一笑，低声说，只要有你在我的身边，一切就都是值得的。是的，因为爱，所有一切都是值得的。

初秋的时节。夏末的花还未落尽，冰冷的霜意也不曾袭上谁的狐裘，市上已经开始卖早熟的柿子，还染着淡淡的青涩。义山挥别了妻子，在巍峨的长安城楼之下。他曾无数次从这里走过，悲伤或是雀跃，失落或是凄凉，却始终都是孤身一人来去，与长长的孤影相伴。而这次，他有爱同行。只是，他不敢回头，他害怕看到她眼底的泪光，淡淡的，隐忍的，唯恐他担忧而不肯落下的。他忍不住去想自己走后，她是不是会害怕孤单，那种多年来与自己如影随形的滋味，如今将由她柔弱的双肩来背负。然而，告别的命运不可抗拒，他依旧要出门远行，在一个不知年月的时节，归来重聚。

她送别了新婚的丈夫，在幽深的庭院里，等待着嗒嗒的马蹄声，她希望，那是她的归人，可那总是匆匆来去的过客，不曾停驻，也不曾给予她希望；而他一路远离，长安的花开花落都越来越遥远，直至他来到那座城楼高耸的城池。那是一个春风柔和的清晨，一个转身的瞬间，他看见了远处如烟的垂杨，融入天地的碧色湖水，几叶小舟随意漂泊，仿佛自由恣意，任意随波逐流。天高地远，这个远离了权力中心的城市，仿佛令他看到了另一片高远的天地，他深深呼吸了一口这自由的空气，于这个苍茫自在的城头，写下了一首豁然的诗。

迢递高城百尺楼，绿杨枝外尽汀洲。
贾生年少虚垂涕，王粲春来更远游。
永忆江湖归白发，欲回天地入扁舟。
不知腐鼠成滋味，猜意鹓雏竟未休。

——李商隐《安定城楼》

他终于将这个世事看透，贾谊才高八斗，依旧为流言所伤，王粲才华横溢，最终也一生多舛。命运就是那样弄人，成就大事者，必然颠沛流离，一生多忧。既然如此，他又何必将那些猜忌打击自己的人放在心上呢？自己越是不好过，那些人就越是开心。越是如此，自己就越应该要走得光明正大，真真正正地闯出一片天地来，令那些人都刮目相看。等到功成身退之时，他会带着小蝶，离开那个波谲云诡之地，泛舟清波上，远离一切的世事纷扰。

在泾原岳父的幕府担任掌书记，那原本是义山驾轻就熟的工作。毕竟在令狐楚大人的门下，他从事的也是这样的工作，起草公文和各种文书。然而，在令狐门下时，恩师对自己多有照顾，而岳父却从来不迁就自己。或许，在王茂元眼中，这个女儿亲自选中的女婿，并不合他的心意。太过年长，又非官宦子弟。虽然算得上出身名门，可早已经家道中落。虽然诗名满天下，可是那些才华毕竟不能带来荣华富贵。于是，他并未给自己的女婿任何优待，手下人看主人家都是这样行事，亦是随之而为，将繁重的工作尽数压在义山手中。

然而，在不久之后，王茂元却对这个女婿刮目相看了。经义山起草的公文，流丽明畅，文笔娴熟，更重要的是将王茂元想要表达的意思展现得淋漓尽致。而且繁重的事务接踵而来，他也没有任何的怨言。这个年轻人踏实而努力，并不是那种想要靠着裙带关系上位的人。王茂元几次流露出想要提拔他的意思，他亦是不惊不喜，淡然而沉静。路遥知马力，日久见人心，这个女婿，王茂元却是越来越喜欢了。对于女婿的前途，亦是越发放在心上。

这段幽暗无光的岁月，唯一明亮的灯火，是妻子远道而来的家书。杜甫说："烽火连三月，家书抵万金。"虽然此时天下太平，但每每收到妻子的来信，那是义山最欢喜的时刻。他像是十分饥渴的旅人，匆匆返回后院，仔细读着她写给他的一字一句。她的笔迹，清秀而温柔，是那样熟悉亲切。那是家中闲聊时，她曾娇憨软语，说他的字写得好看，央求他倾心相授。奈何不过她的娇声哀求，他便笑着握住她的柔软的手，任笔墨流淌，写一出黄泉碧落，画一幅流水人家。

而此时，小蝶的字是写得越发地好。他不由得将信纸放在最靠心脏的位置，唇畔笑意浓浓。他的心，仿佛还能嗅到她衣上的淡淡芬芳。此时的她，是不是穿着她最喜欢的那件芙蓉罗裙，站在幽幽的花丛中，低眉垂首，如画，如诗，像自己思念着她一样，也思念着身在远方的丈夫？他忽然，归心似箭。遥远的长安城里，有他的伊人，却奈何，只能魂梦相依，鸿雁传书？

良辰好景

浪笑榴花不及春，先期零落更愁人。
玉盘迸泪伤心数，锦瑟惊弦破梦频。
万里重阴非旧圃，一年生意属流尘。
前溪舞罢君回顾，并觉今朝粉态新。

——李商隐《回中牡丹为雨所败二首·其二》

其实这是组诗之一，一共有两首。我却更偏爱其二这首。落雨中的牡丹，比起风和日丽里国色天香的姿容，想必更有一番韵味。雨落清明台，滴滴答答地湿透整座小院，艳丽的花染了浅色的雨，如同冷暖双色的调和。没有诗意的人们，匆匆走过所有美景，都不会给予一瞬的回眸。错过了多美的风景，他们也不会觉得可惜。只有温柔的诗人，走过不断滴水的屋檐，穿过长长徐行的回廊，侧身留恋画轴初展的美景，才会驻足，仔细聆听，那如同永久的歌一样的雨声。

良驹要伯乐分辨，美景也要诗意的人来发掘。这样的雨景，这样被沾湿的花朵，诗人想起了谁？不经意的时刻里，相思已泛滥成灾。他的神魂仿佛出窍，离开了躯体，前往千里之外的长安城，想归去看一看，那个占据了自己所有心魂的女子。在泾原幕府的时间里，他也曾数度返回长安，那是岳父怜惜两人新婚，将派往长安公干的机会，都给了女婿。然而，这样的重聚，不过是饮鸩止渴。短暂的欢愉之后，又是一次无法确定归期的分别。反复循环，这样的分别难以忍受，而分别之后的相思，卷土重来，更加来势汹汹。

义山又踏上了独身一人的归程。他以为，这次归去，也如同每次的归程一样，只有自己孑然一身。然而这次的旅途，却遇上了两位朋友，韩琮和少年柳璧。几人都是相若的年纪，不免要夜半时分，把酒言欢。酒后作诗，更是风流雅事。在长安和泾原往返的路途上，会经过马嵬坡。这个地方，谁都知道，发生过一个怎样的故事。

马嵬坡，过去，年幼无知的我，以为那里当真是一个小小的山坡，山清水秀，最适合发生气壮山河的爱情故事。后来才知晓，那是一个地名，未必有连绵的山坡，却一定会有美丽的山水与醇厚的酒。于是，我总是遥想千年前，那个深情如海的帝王，是如何被迫，下令处死自己最深爱的女子。那该是一种怎样的悲凉，白居易在《长恨歌》里写道："君王掩面救不得。"救不得的，是那个女子，还是自己即将蹈死的爱情。

后人有的说君王凉薄，再深的恩宠，也不过是纸上残花，一盏烛火，就能够付之一炬。也有人说，帝王家，哪里有真正的爱情？名利权贵滔天，在那些面前，所有爱恨，都只是过眼烟云。其实，人的天性里，总有贪婪和自私，一时的畏缩恐惧，铸成余生长久的悔恨。若是当真不曾深爱过，返回宫中的帝王，又怎么会"落叶满阶红不扫""鸳鸯瓦冷霜华重"？那样的孤冷和萧瑟，这些已经代替那个枉死的女子，惩罚了他一时的贪生和懦弱。我们不能够，说那就是不爱。爱或不爱，局外人又怎么能够看清，何况那隔着千年的时光？

义山生活的年代，对于那段情天恨海的往事，比起我们后世的人来说，应该更加清楚。在这个充满历史的地方，文人骚客总要留下笔墨，是祭奠，也是风流。而义山，记起了那段被天下的苍生渲染得更加扑朔迷离的情事，又想起那些他深爱过的女子，不由得心中感慨万千。江山万里，关乡如梦，谁能通晓，过去和未来？那些浩瀚的评判，不过是一时的感触。

海外徒闻更九州，他生未卜此生休。

空闻虎旅传宵柝，无复鸡人报晓筹。

此日六军同驻马，当时七夕笑牵牛。

如何四纪为天子，不及卢家有莫愁。

——李商隐《马嵬二首·其二》

记忆不曾被磨灭，义山不止一次，从人们口中，从史书上，听闻这段近乎是传奇的爱情。他不确定，帝王之家，是否当真有真心实意，也不知道，那个美丽得连牡丹花都要自惭形秽的女子，命丧黄泉时分，是否恨过那个立下过铮铮誓言的男子。她一定想不到，他会放弃她，将她牺牲，明明心如刀割也含泪割舍。白居易的《长恨歌》里说，多情的君王深受相思和愧疚的折磨，终究在海外的仙山里，见到了深爱的妃子。那是粉饰太平的结局，她死时，一定恨他。恨他背叛他们的誓言和爱情，也恨他在江山与爱情面前，选择了前者。

而义山这首《马嵬》，分明就真实得多。他说："如何四纪为天子，不及卢家有莫愁。"莫愁莫愁，这个叫作莫愁的女子，不止一次出现在义山的诗里，他多年前就写过"新得佳人字莫愁"。在他心中，那应该是一个温婉美好的女子，才配得上"佳人"这个词。那个男人，身为天子，手中分明应该握着最大的权力，可以判决人的生死，也可以决定凡人的命运。然而，他却成为了被胁迫的男人，连深爱的人都无法保护。或许，一尺白绫了断如花似玉的生命时，那个女子，她想，当年春光璀璨，韶华正好时，不如寻一户平常人家，过波澜不起的一生。好过如今跌宕起伏，好过被夫君背叛，也好过背负着乱世的罪名，孤魂不安。

义山是同情杨贵妃的，女儿本无罪，何必负骂名？只有无能的君王，才会让自己的女人背负祸国的罪责，成为众人口中的惑主狐媚，红颜祸水。他的《马嵬》一出，韩琮与柳璧都不由得惊艳了，他们将自己所写的诗撕碎烧毁，都认为义山的《马嵬》才是写唐明皇和杨贵妃的杰作。其实义山还写过另一首关于这两人的诗，叫作《龙池》："龙池赐酒敞云屏，羯鼓声高众乐停。夜半宴归宫漏永，薛王沉醉寿王醒。"

那段情事，已成了过往。后人的众说纷纭，不过是给这段故事又添上了一些或是或非的色彩。而义山，望着这埋藏了帝王之爱的地方，只能长叹一声，策马前行。他还有许多未完的事情，而长安城中，还有他的佳人，等待着他的归去。故事已经了断，而活着的人，还要继续活得真实，为了一些事情奔走劳碌，哪怕并不是心甘情愿的。

开成四年。李商隐再度回到长安。时年，他已是接近而立之年的男子，都说成家立业，他原来以为，未立业，又何以成家。没想到反而是先成了家，才开始事业上的奔波。这次归来，一方面是为了久别的妻子，另一方面，也是为了那年的吏部考试。因为有岳父的鼎力支持，以及自己的精心准备，这次，义山顺利通过了考试，被授予了秘书省校书郎的职位，官至正九品上。虽然不过是个小官，却胜在那是京官，事务倒也清闲。唐人更重视京官，官至丞相者，大多数都是从京城的小官做起，一步一步，位极人臣。

其实义山更欢喜的，并非是自己终于得到了一个名正言顺的官职，而是自此之后，自己就可以不用再往返于长安和泾原之间，可以同妻子长相厮守了。纵使他们依旧寓居于李执方大人的家中，可是有妻子在的地方，即使只是一瓦遮风，一檐避雨，那也是他们的家。或许，这段时间的生活，是义山最幸福的时光。晨起，有妻子为他奉上精心烹饪的早点，晚间下班归来，或是红袖添香一同看书，或是同妻子谈谈人生或理想，为这个小家做一些设想和规划。而朝中的事务又轻松自在，秘书省掌管朝中书籍，义山在这里遍览群书，他本来就是爱书爱文章的人，身在其中，更觉得处处幸福快活。

他是那样沉醉，以为所有的痛苦悲伤都已经成为过往，以为人生中所有的苦难都已经渐渐远去。却不承想，命运又怎么会那样轻而易举地放手，给他一帆风顺的自由？他只看到，风平浪静的岁月，一切安好。母亲身在洛阳，弟弟羲叟和弟媳都是知书达理的人，将老人家照顾得很好，而自己身边，又有聪慧美丽的妻子，将自己照顾得无微不至。过往的时光里，他总觉得自己在不停地流浪，流浪于清泉迭起的山里，流浪于如同碧海的竹林，也流浪于淡淡月光下的苍茫荒原，可哪里都不是他能够依靠的地方。现在的安然宁静，让一个不断漂泊的旅人，终于找到了可以停靠的港湾，他可以安心地，放松和休憩。

此时的义山，并不知道自己的幸福，很快就会经受风霜与沉重的打击。而他深爱着的妻子，也不能够陪伴自己到永久。他所希望的执子之手，与子偕老，那不过是一个美好的虚幻的泡影，终究会随着流水消散而去。只是此刻，眼底的此刻，他还能拥抱到一丝真实的温度。多年后，他所能触及的，只是冰冷的墓碑和湿凉的黄土。

经年累月的风霜后，他再度流浪穿行，找不到一个安慰的港湾。此时夜雨苍茫，如同有谁不停地在悲哭。他忍不住，泪落阑珊。烛影也落下了红泪，他冰冷的枕畔，有谁能够安慰，给他一如既往的温暖？伊人已去，他在写《马嵬》时，也不曾想过，那些哀婉缠绵的爱情故事，都没有幸福的结局。银河分开了牛郎与织女，焦仲卿和刘兰芝双双奔赴黄泉，而梁山伯和祝英台，也成了墓碑里一对双生的蝶。

那些故事，那些美丽的故事，都是悲凉的结尾。他是不是也想起过，有朝一日，自己也会成为故事里的主角，上演一场悲伤的过往，独自品尝伤心的滋味？他的笔重如千钧，而他的爱，已经冰冷无声息。

君问归期未有期，巴山夜雨涨秋池。
何当共剪西窗烛，却话巴山夜雨时。

——李商隐《夜雨寄北》

这首诗，他该寄给谁呢？寄往何处呢？这场还没有落幕的戏，他只能在寥落里接下去上演，没人告诉他，终点在哪里。他漫无目的，被命运推着走，只有在梦里，对影成双。

南山归隐

从前，我总是以为，不为五斗米折腰的陶渊明，实际上只是世俗中的失败者。他没有勇气与那个黑暗的门阀世界斗争，于是放弃了所有，毅然拂袖而去。美其名曰为“气节”，后来他写道，“采菊东篱下，悠然见南山”，虽然觉得这样的诗句，是那样豁达美好，却依旧以为，那不过是陶渊明为了安慰自己而写出的句子。彼时，我尚在校园，青葱，也青涩。

只是后来，时光总是会将年轻人的特质洗去，被冲刷干净的是我们的韶华，再度披上的外衣叫作沧桑。世事太过强大，我们中或许会有逆风而行的人，那些人强大过时间和世事，自有丰富多彩的天地。而顺着风走的我们，依旧遍体鳞伤，若时光倒流，当初的自己，不知道还能不能认出如今的自己，那全然不同的模样。

容貌都不再相同，心境，更是截然不同。此时的我，已经能够明白世俗力量的强大，足以有令人脱胎换骨的能力。而南北朝时那个羸弱的陶渊明，放弃五斗米而归隐田园，是无可奈何，是迫不得已，也是为了保持那个内心世界的纯净。因为不愿意，让世间的尘埃玷污纯粹的本心，所以宁愿放弃一县之长的职位。并不是没有向上爬的能力，可那需要卑躬屈膝、含泪赔笑来换取。文人多有傲骨，宁愿清贫一生，也不要牺牲气骨换来的万千繁华。

或许，这就是精神世界的强大。能够拥有那样强大的精神世界的人，再绵密的风雨，都无法将他打败逼退。我曾以为，那些人毕竟是少数，纵使生活在我们的身边，也仿佛生活在一个不过是和我们平行，却不相关的世界里。可我们的历史上，能够拥有铿锵铁骨的人，却不见得少。陶渊明是一个，文天祥是一个，而我们的主角，义山也是其中一个。

义山在秘书省当校书郎时，曾写过一首叫作《蝉》的咏物诗。他的咏物诗，一向极好，这首《蝉》也不曾例外：

本以高难饱，徒劳恨费声。
五更疏欲断，一树碧无情。
薄宦梗犹泛，故园芜已平。
烦君最相警，我亦举家清。

——李商隐《蝉》

那应该是一个深夏的午后，所有人都昏昏欲睡。唯独义山，始终难以入眠。秘书省的环境极好，夏木荫翳，举目望去，只觉得满目碧色欲流。而蝉鸣声声，从始至终，不曾停歇，仿佛它们从来不知道“疲倦”二字怎么写。从清晨，到黄昏，从夜深，到朝阳初升。它们的生命是那样短暂，春去秋来，不过只有匆匆的一个夏季，或许就是因为生命短暂，所以要尽力放歌，活得灿烂。高处不胜寒，它们站得那样高，仿佛自由自在，可是有人说，站得高的人，摔得往往也就更痛。那些站在高处的蝉，会不会也害怕有朝一日颠覆而下的命运，粉身碎骨，魂飞魄散，是不是也羡慕平地上忙忙碌碌的小虫，能够脚踏实地，每分每秒都活得真实？这样的诗，总觉得有种淡淡的忧伤，挥之不去。

我不知道，明明已经踏入仕途，也回到长安的诗人，怎么依旧会发出这样的感叹？感叹自己如同蝉一样的命运，处处云谲波诡，仿佛无论哪里都有无形的险境。后来，很快明白，诗人的悲伤从何而来。虽然身在秘书省，担任着清闲的官职，每日还有如花美眷相随身侧。在从前的义山看来，那是可望而不可即的美好生活。然而，很多事情，非要亲身经历才能明白此中冷暖。不是每个人，都适合过别人的生活，哪怕羡慕嫉妒恨，也要明白只有属于自己的，才是最好的。

其实，一个人的命运往往是由自己的性格所决定的。而当下的处境，更多的是源于个人的选择。空有羡慕和理想而从不实践的人，叫作空想家，只有敢作敢当，有规划有设计的人，才能成为理想中的自己。我们总是在抱怨许多事情，抱怨没有成为富二代或是官二代，但那样的生活，自己身处其中，就真的能够快活吗？你觉得自己需要一条爱马仕的昂贵丝巾，或许母亲为你亲手织的羊毛围巾，就已经足够温暖。你想要拥有一幢坐落在海边的欧式别墅，面朝大海，春暖花开，可实际上，在你心底的最深处，没有什么比得上那六十平方米小房子里的灯光，更令你觉得踏实幸福。

或许，更适合义山的，并不是他之前孜孜不倦追求的。江湖里总在流传说，出来混，迟早要还的。其实江湖里真刀真枪地打上一场，把爱恨都熔铸成刀剑，剑锋无情鲜血淋漓，都比官场里的钩心斗角来得光明磊落。那样生于幽暗，却行走于日光之下的生活，或许并不适合像义山这样柔软而清雅的诗人。他更适合，走在烟花三月的江南，乘着一艘小小的画舫，有两三个知交，有一壶醇厚的酒，还有一个会唱歌和弹琵琶的姑娘。那是属于诗人的生活，自由，清雅，风流。作为官员，他不够城府，不够心狠手辣，不够冷厉无情，他永远都不够资格，成为合格的官员，游刃有余地穿梭其中，谈笑自然，享受权力所带来的欢愉和疼痛。他是那样害怕黑暗的人，所以无法在那里安然生存。

并不是每个人都能知道自己最适合过怎样的生活，纵使知晓，也不是每个人都能有机会过上那种适合自己的生活的。勇气人人都有，却未必人人都敢拿出来用。而此时的义山，虽然知道自己并不适合在官场生存，但他还没有足够的勇气，告别这样的生活。贸然地离开，意味着他恢复白衣之身，他不知道，该以怎样的面目去面对岳父和小蝶。

未久，义山被调出长安，就任河南弘农县县尉。官品虽然差不多，但京官和外放官员的待遇，却是天差地别。义山心知肚明，自己是被排挤出了长安，虽然愤懑，却依旧无可奈何，只能安慰自己或许外地山川秀美，自己反倒能够更加自由自在。在前往弘农县上任之前，义山带着小蝶回了一趟洛阳，这次是特意带着妻子，回来拜见母亲的。

妻子出身豪门，却没有那些千金小姐骄纵任性的毛病，反倒落落大方，知书达礼，纯然是大家出身的闺秀。义山的母亲见到小蝶，笑得连皱纹都舒展开来。她原本还担心儿媳出身名门，年纪又小，不懂事，会用身份压得儿子抬不起头来，没想到义山竟然福气这样好。而且，当着自己的面，儿媳还跟义山说，希望她能够住在李家，为丈夫尽一份孝心，承欢在婆婆的膝下，照顾老人家。

小蝶的这个决定，令义山惊诧，也令他感动。他不知道，自己的妻子竟然这样深明大义。他原本并没有这样的打算，而是希望拜见完母亲之后，小蝶能够回到王家在洛阳的老宅，继续过着深闺养尊的生活。她能够侍奉母亲，这固然好，可这也意味着他的小娇妻，将会远离富贵生活，粗茶淡饭，极其辛苦。他舍不得，然而小蝶却含笑告诉他，那是她的决定，她也想尽自己的孝道。至于生活的艰辛，她在下嫁义山时，就已想过自己的婚姻，并不是为了让自己过得更加奢侈，而是与丈夫福祸与共的。她有这个准备，也有这个信心，能够帮丈夫分忧，照顾好家中的母亲。

既然妻子已经做出了决定，义山再舍不得，也只好放手同意。转眼上路的时间就在眼底，他踏上赴任的路途。这一路上，他都是忧心忡忡的，身在官场，总是逼不得已。县尉不过是个芝麻小官，县官县丞等都比自己高上一级，他不知道自己在弘农县会有怎样的际遇，只是压在心头的巨石，沉重无比，几乎将心都压出深深的血印，他忽然有种不妙的预感。

果然，他的预感成为了现实。弘农县，那是一个令人窒息的地方。温柔正直的诗人，身处此地，只觉得灵魂都被生生捆绑。这里的观察使孙简是出了名的酷吏，心狠手辣，所到之处都是哭爹喊娘的冤情。弘农县的大牢里，也关押满了人犯，而据义山所知，其中大多数都不是犯了什么滔天罪孽的，更多的，还是无辜受屈的平民。他的气骨和良心，都不允许他眼睁睁地看着这些人遭受苦难，于是他愤然上书，越级申冤。他的行为，虽然隐秘，到底得罪了当地一手遮天的孙简，这个以狠毒闻名的酷吏，又怎么会容许义山侵犯他的利益呢？

然而，义山的岳父到底也是一方长官，碍着王茂元的面子，孙简不好寻一个罪名，将义山如何，但是毕竟天高皇帝远，水远救不得，他当着众多下属的面，将他狠狠训斥了一番，勒令他今后不许多管闲事。义山愤慨万千，一怒之下，他的清高和自傲，都不容许自己卑躬屈膝地再待下去，于是他决心辞官归隐。在他眼中，当官若是不能够为民做主，那么这个官，当得还有什么意思？何况不过是区区的县尉。坐在灯下，他苦思之后，写了一首《任弘农尉献州刺史乞假归京》："黄昏封印点刑徒，愧负荆山入座隅。却羡卞和双刖足，一生无复没阶趋。"

只是，他激烈的反抗，却如同石沉大海，全然没有任何音讯。他干脆不再前往县衙上班，每日潜心山水，只等待着放还的敕令。此时的义山，浑然不知那年的观察使，换成了当时著名的诗人姚合，那是一位惜才爱才的清官，同他的恩师令狐楚大人也一向交好。他对义山的诗名素有耳闻，而那首请求辞官归去的诗更是写得恣意飞扬，他生出了惜才之意，于是亲自前来寻义山，希望他能够收起辞官之意，回去上任。

之前的辞官，不过是看不过孙简的所作所为，既然姚合大人明白事理，又显然是一位清明的好官，还同自己意气相投，义山也暂时打消了辞官的念头。只是念头一旦生起，就如同深深埋藏的导火线，总有一日会爆发而出。果不其然，那年九月，义山终于如愿辞去了味同嚼蜡的县尉一职，返回了洛阳的家中。经历过这么多事情的义山，更加明白了自由生活的珍贵，虽然那样会更加清贫，可只有那样，他的笑容，才会真正源于内心。

梦中江南

江南春。江南月。江南雨。江南夜。

春花秋月，一切美好的词，带上江南两个字，就仿佛拥有了缱绻风情，温柔得如同掐指就能沁出微微水珠。如梦，如画，如幻，如歌。白居易说：“江南好，风景旧曾谙。日出江花红胜火，春来江水绿如蓝。”文人墨客总喜欢用最美好的词语，去勾勒这个鱼米之乡。那原本，就是一个适合极尽赞美的地方。

庆幸的是，我就出生于这个如梦似幻的地方。春雨，秋花，夏蝉和冬日的薄雪，是我最熟悉不过的一切。我无须，在梦里徘徊，幻想这里的模样，我也无须，跋涉千里的山水，从遥远的异乡辗转飘摇而至。能够徜徉在这个诗画般的故乡，是我的缘，值得珍惜的缘。而当我行走在连绵的雨季里，我总是想起那些漂泊在他乡的江南的人，他们是否，也曾深深地怀念这个无比美丽的故乡。在莲花盛放和蝉声聒噪的时节，在秋叶向故乡告别的时节，也在第一场雪落在深夜里的时节。

或许，义山就曾经这样深深地，深深地怀念过这里，怀念过江南。我想，只要到过江南的人，都不会忘记这里的模样。就像，深爱过的人，永远最了解爱的苦痛和缠绵，而行走过江南的人，比谁都清楚这里的柔媚温婉，多愁善感。那不是一个金戈铁马气壮山河的地方，看上去好像只适合小桥流水和梧桐画壁。义山在江南，度过了他一生中最温暖平静的时光，岁月静好，多年后却发觉，前尘不可追。只能在梦中，追寻曾宁静过的岁月，梦醒时分，才发觉触指未及。那样的痛苦，谁还愿意，尝尽千百遍？

他已辞官归田，带着妻子家眷在樊川安了家。时日清平如水，幸而有书香脉脉，红袖温婉。离开了豪门大户的妻子，脱下了锦衣金钗，用荆钗挽起一头墨色长发，洗手做羹汤，从未有过半句怨言。义山曾做过的梦，仿佛从深夜来到黎明，从画卷走到凡尘。做一对尘世里，寻常的鸳鸯，不问柴米，不管油盐酱醋，闲时弹琴作画，想来是神仙眷侣，也不过如此。樊川，在义山的记忆里，一定也是一个独特的存在，所以他才将自己的号改为“樊南生”，如同从前因为跋涉过玉阳山上的溪流，因而取号“玉谿生”一般。

这样平静美好的生活，原来没有什么可以挑剔的。然而，他却辗转无眠，当久违的宁静突如其来，他渴望，他眷恋，他雀跃，他怡然自得，也同样措手不及。其实所有的风波都有导火线，而义山烦躁不安的导火线，来自记忆里那段隐秘的情事，那个令他尝尽愧疚滋味的女子。有人告诉他，她已经离开了王府，流落天涯，如同柳絮一样随风漂泊，哪里能够谋生，就在哪里停驻。而不久前，曾有人在武昌的歌坊金楼中见到她，当年绮年玉貌的女子，如今容色憔悴，仿佛是一痕逐渐干涸的墨色，黯淡了心魂和躯体。

微风轻拂，伫立在青翠柳叶下的诗人，忽然忆起了当年深爱过的女子。久别经年，一直隐忍不去惊动的记忆，在此时如同黑暗的潮水，卷土而来，他几乎要泪落青衫。杨柳青青，枝上离别月。他一直都不敢，追寻她的下落，就是害怕如同此刻一般，若是知道她过得不好，若是知道她伤心痛苦，自己会更加难过，更加愧疚。是他，诚然就是他，误了她的一生。

因而，他只能让自己去幻想，她过得很好，一直都很好。那个肆意剥夺了她的自由的王爷，能够给她最大程度的宠爱，虽然是笼中飞鸟，可他的柳枝，也是生活在金笼里的金丝雀。再不济，王府至少会给予她衣食无忧的生活，她不用像那些临老倚门的商人妇，一生流离奔波，最终也只能奔得个果腹。如果她嫁给了自己，或许，就是那样的生活吧，清贫，难挨。贫贱夫妻百事哀，他也不想，曾深爱过的女子，为了生计而白头，而相爱的他们，在清寒里磨碎了岁月，搅拌了悲哀。他就是这样想，所以才放手，所以不曾回眸。

谁知一切都是虚妄，都是幻梦。没有一样是真的。她过得真的不好，被逐出王府，为了生存而到处流浪，他无法想象，那个娇媚柔弱的女子，是怎样负着小小的行囊，漂泊在夜月流云下，到处苦苦哀求找一些可以维持生计的活来做。她原本，就不曾受过那样的苦楚。愧疚悄然滋长，随着呼吸生根发芽，义山无法将这个消息忽视，突然之间，他就消瘦了下去。小蝶也曾怀疑担忧，旁敲侧击地问，可是这段往事，他如何能够对深爱的妻子开口，尽管此时在他枕畔安然休憩的人是她，但说起这种事情，再大度的妻子，也会感到受伤的吧。于是，万千别绪烦恼，只能尽付笔墨宣纸。

江南江北雪初消，漠漠轻黄惹嫩条。
灞岸已攀行客手，楚宫先骋舞姬腰。
清明带雨临官道，晚日含风拂野桥。
如线如丝正牵恨，王孙归路一何遥。

——李商隐《柳》

其实我更喜欢的是另一首，叫作《赠柳》。“章台从掩映，郢路更参差。见说风流极，来当婀娜时。桥回行欲断，堤远意相随。忍放花如雪，青楼扑酒旗。”这首诗里的落寞悲伤更加明显，除却典故的意境深远，也看淡绮丽词句的华美，剩下的，只是一腔淡淡的柔软悲意。白衣的诗人，行走在初雪的街道上，衣冠洁净，仿佛和漫天飞舞的雪花融为了一体。几度寒暑，老鸦归去又归来，他怀念着那个因命运而与己失散的女子，于是悲伤成河。而此时，雪花依旧飞落绽放，如同不知节制无法收回的过往。

不管是《柳》还是《赠柳》，义山心中的愧疚，已经到了无法收回的地步。他再也无法容忍自己的袖手旁观。关于前尘，他已经辜负，关于后日，他无法预测，可是现在，他必须要紧握在手中。他决意离京，前往江乡。这并不是旧情难了，旧爱难忘。那只是一场救赎，有关拯救，却与风月无关。秋雨潇潇，长亭送别。义山将妻子送回了洛阳老家，自己则孤身一人，踏上了前往江乡的旅程。他没有将真正的缘由吐露给妻子，只是告诉她，自己前去江乡，是为了仕途。虽说他厌恶官场，可到底身无长物，诗写得虽名满天下，却不能养家糊口，身为男儿，他应该担负起一个家庭的责任。他这样告诉她，而她微微怅然，随即露出释然的模样，转身为丈夫准备行囊。

或许，冰雪聪慧的女子知道，樊川这小小的天地，是困不住她的夫君的。举案齐眉，夫唱妇随，当她还是春闺少女时，曾无数次梦想过，而此时，她的心愿已经得以偿还，她可以放手送别，让他离开，去做自己想做的事情。或许，她已经知道，在夫君的心里，在她之前，还有一个解语花一样的姑娘，娇俏可人，有着鹅黄柳绿的明媚模样。从他的字里行间，从他的眼底眉梢，从他梦中无意识的呓语里，可知那是个挥之不去的影子，也许那个影子，曾占据过他的心，即使此刻填满它的是她。可是，她又能如何呢？未嫁从父，出嫁从夫，能够嫁到自己喜欢的人，已经是前生的缘，她不应该，奢求更多。

温婉的女子并不知道，义山此行，不是爱欲纵容，只是为了给自己当初的疏忽和退缩一个赎罪的机会。她站在潇潇的秋雨里，听着马蹄声声，渐渐消失在天际。染了雨色的紫薇花憔悴忧伤，忽然滑落的水滴，却不知道是雨，还是其他。而她又恢复了等待的日子，望穿秋水，等待她的归人。她垂眸，转身，身后留白一行黯然。

而离人，则奔波在遥远的他乡。好不容易，辗转来到了武昌，还没等义山喘口气，就听说柳枝已经离开了此地，前往潭州。他来不及停驻，就扬鞭而去。潭州就是今天的长沙，义山踏上了一艘开往潭州的商船。时逢雨季，湘水涨了许多，风浪始终掺杂在他久违的旅程中。种种艰辛，在上岸的那刻，被义山抛诸脑后。他以为，只要他努力，他追寻，就能够找到那个流落风尘的女子，将她洗尽铅华，给自己的心一条活路。可世上，不如意者十之八九。那些韶秀的女子，有着相似的容貌，或有着相似的声音，或身形同样曼妙，可是那些人，都不是他要找的柳枝。一次又一次的错过，一次又一次的认错和否定，他就像是被命运戏弄得团团转的人，循环往复，总是不停地在追逐，失去，最终一无所有。

红楼隔雨，青苔湿冷。他忘记了自己曾走过多少长街小巷，也记不起她最初的模样，那一张张粉饰得精致无瑕的脸孔，他已分不清，哪个才是他要找的柳枝。或许全都不是，也或许全都是。哪个流落至此的女子，没有一个伤心的过往，没有被一个负心的人深深辜负和伤害。他终于明白，原来他们之间的缘分，早就在那个分别时凄冷的雪夜，就被宣告终结。爱和恨，都已消亡殆尽，或许，她不爱他了，也不再恨他，他之于她，不过是一个陌生人，陌路重逢，也不再相识的陌生人。这种认知令他踉跄着慢慢后退，仿佛是深夜，冰冷的雪水，忽然之间灌满了心头，任何思想都被冻结成冰。他唯一感到安慰的，不过是她还活着。

那是他奔波千里，迢迢而来，唯一可以验证的事实。那个刚烈的女子，并没有夭折在幽深的宫苑里，也没有因为失去自由而放弃生命，无论如何，她都挣扎着活了下来，孤零零地活了下来，用尽力气去生存。尽管他没有找到她，不知道她如今过得怎样，是好是坏，是快乐或悲伤。可他知道，她尚在人间，同他呼吸着同一片天地的空气，听着一样的话语和走着一样的土地。烟花柳巷，情生情死，他闭上双眸，慢慢呼吸，这喧嚣华丽的空气，说不定有她的气息，衣角，发梢，如同那时她轻轻靠在他的肩上，他悄悄闻到的味道。或许，当他睁眼，当他转身，他会看到，她站在街角的老槐树下，灯火璀璨，笑意浅淡。

那时他的梦，最终也没有成为现实。但江乡一行，虽然没有实现最初的目的，到底并非一无所获。在路上，义山遇到了许多阔别多年的老友，也重游了江南风光。虽然武昌一带，同他幼时生活的绍兴等地并不相同，也算是同属江南地带，至少聊胜于无，可以稍微缓解一下他的思念之情。何况，这里是屈原、宋玉等大诗人生活过的地方，尽管只是单方面的神往，这种精神上的交流还是令义山感到格外满足。

会昌二年，倦鸟知返，游鱼知还。从江乡到洛阳，风尘仆仆的诗人，终于回到了温暖的家中。那个会一直等待着他的人，不是别人，而是他要相守一生的妻子。望着屋中暗黄的灯光，他明白，像此次这样理由的远行，将会是最后一次。

第五章 此生未了是晚晴

西窗饮醉

是否试过，同知心的朋友，一起买醉？不问天地，不管辰光，丢开所有的凡尘俗事，会心对饮，醉了也好清醒也好，总归是醉笑痛饮三万场，不诉离觞。那样的滋味，当时未必快活，回忆起来，却一定喜悦。能够有人这样毫无缘由地陪着喝酒陪着醉，想想都觉得是一大快事。我总是喜欢这样莫名其妙的想法，然后自以为风雅，自得其乐。其实人生很少有真正快乐的时刻，折磨总是太多，而纯粹的快乐总是太少，难免要给自己一些期盼，不管是对的，还是错的。

我们总需要，为了生活和理想，不停地奔波。有时，生活会跟理想矛盾重重，屈从于任何一方都会觉得痛苦，鱼和熊掌，放弃哪一样，都心有不甘。而无数人，就在寻找两者之间的平衡点时，忙忙碌碌，才发现，一生原来那样短，眨眼就已经走完。可是圆满的答案，却可能一生都没有得到。这样看来，仿佛人生就是一个荒谬的悖论，圆满的人屈指可数，多数人只是在生活中，消磨了余生，走尽了时光。

我们的诗人，也身处这样的悖论之中，反反复复。他深知，最适合自己的不过是一方良田，一盏清灯。他安于那样的恬淡宁静，然而现实却不允许他如同陶渊明一样，赏菊，作诗，甚至是劳作和晚归。毕竟，他娶的是名门之女，他的岳父王茂元此时为忠武节度使，这样的家庭，怎么能容忍一个平庸的女婿？何况，他身上肩负的责任，也不允许他一再逍遥。因而，当短暂的潇洒终结，他依旧要面对心中厌恶的官场。

义山再一次参加了吏部考试。得中，被授秘书省正字。这是一个正九品下的官职，比起当年在秘书省的职务还要低了一级。然而，能够考中就算得上一件喜事了，虽然无可奈何，好歹也算是有了官身。怅惘和喜悦交织，义山只感到了命运的流转。那样一个天罗地网般的圈套，圈住了尘世中的芸芸众生，谁都不能自由往返。他更没有想到的是，天意弄人，未久，洛阳传来了母亲逝世的消息。那年的残冬，半生流离的诗人，再一次失去了至亲。

一下子失去至亲，任是谁都接受不了这个打击，更何况是素来珍惜每一次相遇的义山。他仿佛瞬间被抽空了血液，浑身毫无力气。他知道，所有生命都会有终点，每一次相遇都会有告别，雁过无痕，水过无波，存在过的人都会被岁月磨平痕迹，只有记忆，永远不会消失。但是，他不知道，自己会这样伤心。那是将他带到这个世上来的人，再亲密的人，都无法亲密过母子。他浑浑噩噩地赶回洛阳，身为长子，母亲的葬礼应该由他来操持。

心灵上的痛苦已经几乎无法承受，而接踵而来的是长达三年的丁忧。按照唐朝的律例，父母亡，在朝为官的儿子必须辞官丁忧，为父母服丧。冥冥之中，仿佛一切早已注定，我们的诗人，注定不能够成为叱咤风云的掌权者，以名臣的身份载入史册。结束了葬礼后，他返回长安，正式向吏部告假。这段幽暗的岁月，他已不想再记起，唯一可以让自己感到温暖和快乐的是同大诗人白居易的相遇。

很难想象，在见到心中的偶像时，他是一种怎样的心情。或许，那并不逊于如今的我们，亲眼见到舞台上光芒万丈的明星。崇拜是种玄妙的东西，莫名而来，没有根据没有理由，却能够使人心潮澎湃。我想，当义山知道坐在他对面的那个老人，就是名满天下的诗人白居易时，心里一定激动万分，如同小粉丝见到大明星，尽管这个小粉丝后来在诗坛上的地位，并不比自己的偶像低微。

君生我未生，我生君已老。李白和杜甫，都已经成为画卷上不知真假的面孔，而义山一直十分推崇的李贺早已逝去。虽然老师令狐楚总是说要带自己去拜见白居易，然而这个约定随着生死的阻隔，终于随水而去。容我想象他们的相遇，那应该是诗坛上的一段佳话。或许，那是一个微雨蒙蒙的黄昏，荒野之外，有一个小小的酒肆，赶路的行人匆匆走进，又匆匆离开。如果不是发觉那位衣着朴素的老人，是名满天下的白居易，或许义山也会像所有行人一样，匆匆来去。他一身落拓而来，下颌有淡淡的铁青色，站在寥落的窗前，望着茫茫无际的荒原，忍不住行吟："洞庭波冷晓侵云，日日征帆送远人。几度木兰舟上望，不知元是此花身。"听到这几句诗，无名的老人微微动容，怅然相和："已愁花落荒岩底，复恨根生乱石间。几度欲移移不得，天教抛掷在深山。"那是白居易年轻时所作的诗，早已流传到大江南北，从这个老人口中念出，只觉得无限惆怅。

义山回眸，微笑着请教对方姓名。一番相见，竟然发觉彼此都是倾慕已久的人，于是更加畅怀。白居易仔细打量着这位故人的弟子，令狐楚与刘禹锡都是他的好友，此去经年，却只剩下他一人，孑然活在浮世之中。于是，望向义山的目光，不免带上了几分忧凉。他已是老迈昏黄的老人，百病缠身，而视若掌珠的独子前不久夭折而去，膝下唯有幼女阿萝。虽然身居高位，然而世间百种凄凉，都已尝遍。能够遇上这位年轻人，倒是一件快事。何况，他们又相谈甚欢，令他不断回忆起义山的老师，他的故友。他不由得感叹，若是此生能有你这样一个孩子，那我亦是死而无憾了。

这样的话语太过不祥，义山惶恐不安，连忙起身说不敢。他经历过太多亲人的生死，深知如此萧索的话语出口，意味着什么。刚刚经历了丧母之痛的他，不愿再看到自己敬重的人，遭遇什么不测。天下没有不散的筵席，才成为知交的两人又面临着分别，他们都不是看不透浮世红尘之人，自然懂得有相聚就有相离的道理。可当垂垂老矣的诗人，默然离去的身影映入眼帘时，义山依旧觉得心痛。那是一种惺惺相惜的感情，是一种源于常年修道的悲悯，亦是一种感叹生命凄凉无常的落寞。这样短暂的一生，那样柔弱又坚强的一颗心，要承受多少苦难折磨，才能看到彼岸晴天。义山苦苦追寻着这个答案，对世事，依旧无可奈何。

会昌三年。王茂元死于任上。

义山再一次送别了自己的亲人。那是他深爱的妻子的父亲，是他的泰山大人。然而对于这位岳父，义山却是一向不怎么亲近的。并不是他不愿意亲近，而是朝野上的流言，总是在说，李商隐这个人，明明是令狐楚的弟子，却娶了王家的女儿，那明明就是为了爬得更高。流言是世界上最冷酷和伤人的东西，有时候比刀剑更加残酷，为流言而困而死的人不在少数。而义山更害怕的是，这种毫无根据的话会伤害到妻子，于是他只能选择远离岳父的势力范围，尽量凭借自己的力量，给妻子和家人一个相对安定的生活。

而此时，岳父西游。义山终于可以不用再顾忌什么，他在死者的灵前，尽情宣泄悲哀，生前无法尽到的孝义，仿佛尽付诸两行伤心泪。可还未等他的心情平复下来，家中又传来了一个噩耗。三姐夫死于浙东幕府任上，这个消息几乎让义山无法自持。对于年幼丧父的义山而言，这位一直在背后默默帮助他们，即使在妻子死后也不忘记这一家人的姐夫，更像是父亲。他自然感到无限伤心。就在这短短的时间里，三位至亲无声无息地离自己而去，生命的无常，更加深刻地盘桓在他的心头。为何，人生就必须要承受这么多的苦痛？为什么总不能安然平静地走过？他所求的不过是一夕安然，就是这样渺小的恳请，都是那样奢侈。

如今的他，唯一希望的，不过是所有逝去的灵魂，都能够得以安息。父亲，母亲，姐姐，姐夫，还有那夭折在人生开头的小侄女寄寄。或许，人最大的悲哀，就在于生命的苍白，当人生路走得越是漫长，回首就越是发觉，这个世上还存在的血脉相连的亲人越来越少，和你有着那些共同回忆的人，也越来越少。谁能将年轻时一起做过的傻事，告诉懵懂无知的孩童，换一袖怅然？那些天真无邪的面孔，又怎么能懂，老人心中的沧桑？

时光太可怕。不经意里，就带走了一切，最终也会带走残存的生命。一条皱纹，一根掌间的白发，一颗仅剩的摇摇欲坠的牙齿，都是过往鲜活璀璨过的年华的花，却在时光里，凋谢成风烛残年。一身苍凉的诗人，徘徊在亲人的墓碑之前，心中的悲伤无法抑制。那是他家族的墓地，埋葬着这个家族多年的荣耀和平凡，有一身荣光的先祖，也有无籍籍名的平常人。有同他血脉相连的至亲，也有血缘甚远的远亲，可那些人，都已经化为尘土，不论生前是光宗耀祖还是平凡无名，终归是殊途同归。而他也知道，总有一日，他也会闭上双眼，安静地无声地在这里，进行最后的永生的休憩。

到那时候，就不会有什么来打搅他的安宁，他可望而不可即的安宁。

青鸟传信

白社幽闲君暂居，青云器业我全疏。
看封谏草归鸾掖，尚贲衡门待鹤书。
莲耸碧峰关路近，荷翻翠扇水堂虚。
自探典籍忘名利，攲枕时惊落蠹鱼。
——李商隐《和刘评事永乐闲居见寄》

无意中，翻开《义山诗集》的一页。这本书已经被耽搁在光阴里许久，淡淡的书香混着油墨的味道，竟然让人觉得有几分温馨的意味。而这首诗，亦是如斯温暖。有时候，温暖是一种久违的情绪，经年相别，突如其来，或许那不过是雪夜山居里一盏暗黄的灯光，或许只是床前一支安眠的歌，或许只是庭下一瞬间的花开和花落。世界很大，总有一些东西，能在不经意里，让你觉得心窝温暖，然后如同上瘾一般贪恋。

温暖本来就有毒。再冰冷的心，也曾向往渴望。而我读着这首《和刘评事永乐闲居见寄》，竟然能够从它的字里行间，寻觅到丝丝的暖意。这在义山的诗文里，仿佛是一位分别多年的旧友，许久不见，相见亦是格外熟稔。此时的义山，应该依旧在丁忧期间，他离开了长安，也离开了洛阳，来到一个叫作永安的小地方。小城里的山水人情，总是比洛阳的要更温暖美好。他因丁忧而离开，却又因丁忧而发觉了另一片天地。

那一定是他十分快乐的时光。如同他诗中所写的那样：布衣青衫，忘却俗世凡尘，只管在世外悠然闲行。浅草，清泉，乱石，飞鱼，白鹤，莲山。那是一段三生书里写过的似水年华，亦是他一生中难以寻觅的逍遥岁月。烟火三千，逗留在山色里的诗人，回眸山脚，心中清明，有一团烟火是属于他的，会因为他的离去而明，因为他的归来而灭。

他在清贫的家外，种了许多黄菊。他最喜欢陶渊明的诗："采菊东篱下，悠然见南山。"每次吟诵，总有一股豁然之气喷薄而出，消解了丁忧期间的许多抑郁不平。等到菊花盛开的时节，他携着妻子，行走在花丛中，赏菊，酿菊花酒，于是又时常想起孟浩然的《过故人庄》："故人具鸡黍，邀我至田家。绿树村边合，青山郭外斜。开轩面场圃，把酒话桑麻。待到重阳日，还来就菊花。"种花，酿酒，耕作，织锦。那仿佛是神仙一样的生活，逍遥自在，无拘无束。可他们终归不是神仙，凡人总是需要温饱。精神上富足，并不代表生活上的安然。

他的妻子，温柔善良，抛弃了荣华富贵，跟着他来到这个小城，风雨同舟。每次家中米缸告罄时，她总能够从厨房中端出四菜一汤。他知道，她又当了自己的金钗或是锦衣。虽然妻子出身豪富，嫁妆丰厚但也经不起坐吃山空。何况一向宠爱妻子的岳父已经仙逝，再也没有谁能够对他们一家施以援手。其实就算是岳父不曾故去，他也开不了这个口。义山放下筷子，徒然叹了口气。他知道，这样的逍遥，是时候该告一段落了。

春末。燕南归。在飞燕脆生生的叫声中，他再一次告别了自己心爱的妻子和温暖的家，为生活到处奔走。他来到故乡荥阳，求见同族的一位叫作李褒的亲戚。按资排辈，自己还应该叫他一声十二叔。时年，李褒为郑州刺史。虽然算是远亲，然而由于这一支人丁并不旺盛，所以到底有些往来。何况，这位十二叔和义山，都是笃信道教的信徒，就是看在这一点上，未免也能意气相投。李褒待这位侄子十分厚道，除却在他的仕途上无能为力之外，尽量在帮着打点义山的生活，让他毫无后顾之忧。只是，这样寄人篱下的生活，却并不是义山心中想要的。

有时，心中的渴望越是迫切，命运却偏偏反其道而行之。前途渺茫，心中的郁结无法排解，一场大病，就这样无声侵袭。那原先不过是小小的风寒，他以为，自己只要好好休息上几天，就能够不药而愈。其实他也难以启齿，分明是深夏的时节，天气那样炎热，自己却染了风寒。只是不曾想到，这场病渐渐如星火燎原，来势汹汹，等到李褒发觉，为侄子延医请药时，义山已经病得昏昏沉沉，卧床不起。

心病终须心药治。义山心知，是自己走进了幽深的死胡同，寻寻觅觅，无法逃脱。病中的人，总是格外恋家。稍有好转的迹象，义山就开口辞别了十二叔，回到了洛阳。虽然担忧侄子的身体，无奈义山去意坚决，李褒只好派专人护送他返回洛阳。彼时，义山与弟弟羲叟亦是多日未见，时下相逢，未免格外欢喜。病弱的躯体，怎奈忽悲忽喜？而羲叟又在准备那年的进士考试，为了让弟弟的考试顺利一些，身为长兄的他只能拖着病体，为弟弟梳理指点。于是，方有所好转的病情，又忽然沉重起来。直到八郎令狐绹寄来了书信。

他们已经多年不曾有过音信。义山想起当年同窗的情谊，又想起今日的冷淡疏离，只觉得世事弄人，总要曾经有着深情厚谊的人们，变得面目全非。可这封来信，却又使他心软唏嘘，相信不管世事如何变化，彼此的心中都会存在着往日的情意。总有些角落会留给最好的回忆，也总有一些事情永远都不会变。他想，原来彼此误入歧途之后，还会有和好如初的一日。这在令狐绹冷待他时，是不敢这样奢求地想的。可后来的事实证明，他不过是无足轻重的沙尘，可以被遗忘，被忽略，他的悲喜欢忧，都不会被自己深深在乎的朋友所在乎。

八郎的来信，令义山不断回忆起一些事情，心逐渐柔软起来，也不断想到另外一些事情——朝廷中党争那样厉害，已经到了白热化的地步。在朝臣的眼中，不是牛党的臣子就是李党中人。只有黑与白，没有任何过渡的灰。而他所犯的错，就是身为牛党重臣的弟子，却娶了李党重臣的女儿。如果只是寻常人家，又何必这样步步惊心？谁都没有错，小蝶没有错，八郎也没有错，错只错在他们身在官场。时日已久，或许八郎已经明白，义山的选择不过是情有独钟，他的苛责，也只是出于在乎的愤怒。父亲已经逝去，从前为自己遮风挡雨的大树已经轰然倾塌，他渐渐感到有种独木难支的困难。他需要有一个值得信赖的人，在身侧提醒自己的作为。义山为人谨慎，小心翼翼，又有兄弟之谊，如果他能够入朝，或许对自己来说，也是一种助力吧。

多种情绪交加，他提笔，重如千钧。未久，他收到了来自洛阳的故人之信。信封上，是再熟悉不过的笔迹，清瘦，温和，一如那时那个清秀温顺的年轻人，被嘲笑时会脸红，被责怪也从容大度。他不知道自己是怎样拆开这封信的，短短的几行文字映入眼帘，未几，眼中已经泛出了朦胧的雾气。他想，自己怎么能够，用那样的心意去揣度一个那么信任自己的朋友呢，又怎么能什么解释都不听就否定了他的一切呢？

嵩云秦树久离居，双鲤迢迢一纸书。
休问梁园旧宾客，茂陵秋雨病相如。

——李商隐《寄令狐郎中》

自己无意中的一纸书信，不过写着寻常问候，却让义山觉得那样温暖，那样感动，甚至强撑着病体起身，给自己写下这封回书。那个忠诚文弱的年轻人，从未忘记过那些一同走过的岁月，甚至好好珍藏，予以珍重，纵使他曾做了那么多令自己伤心的事情。多年的心结，终于在此时烟消云散，他想，等到义山丁忧期满，回到长安时，他一定要与他不醉不归。只是没想到，当义山带着身怀六甲的妻子回到长安时，反倒是他，被贬谪为湖州刺史，不日即将出行，离开这座他居住了多年的京都。

一切都是命运。他们的缘分，或许在多年前，就已经消耗殆尽。而此时的兄弟俩，如同参商星辰，此落彼升，生生世世不再有相见的时日。那年冬天，义山送走了八郎，重新回到秘书省当正字。那年，烟火璀璨，转瞬即逝，那个所谓的中兴华年，如同雨中的残荷，只剩下依稀的芬芳。那个曾经的盛世大唐，正在逐渐走向它的尾声，一切都是昏昏沉沉的，仿佛强大的生命力，已经在安史之乱、甘露之变后，消耗至虚无。

坐在金銮椅上的皇帝，醉心信道求仙，终日炼丹吃药。而朝中的大臣们，也为了彼此手中的权益，相互倾轧斗争，不死不休。再一次身处权力中心的义山，在这个可怕的事实面前沉默了。他默然回到家中，坐在清冷的桌前，墨色已经逐渐干涸，他心中沉痛悲鸣，像是有什么就要破土而出，那种悲愤的意念，他无法抑制。

一笑相倾国便亡，何劳荆棘始堪伤。

小怜玉体横陈夜，已报周师入晋阳。

——李商隐《北齐二首·其一》

悲愤之下写下的诗，总有一些激愤难忍的情怀。不能如同平常的戏作，谈笑风生，粉饰太平。成语玉体横陈即出自这首诗。那原本是一个典故，带着血腥的香艳。北齐皇帝高纬宠爱他的宠妃冯小怜，几乎是烽火戏诸侯，步步生莲花的奢华，只是可怜了这个王朝的臣民，当宫廷的纸醉金迷再一次上演，这个王朝也迎来了血流成河的覆灭。任何一个朝代的覆灭，都是一出生命的惨剧，义山懂得，所以在他纯熟的笔调下，隐藏着一种无以言说的悲哀，那是身为文弱书生的他，预知而无法挽回的悲哀。

天阙深寒

天上的星辰，有坠落，也有升起。如同生命，有凋零，也有新生。灭亡，像是一个终点，又像是一个起点。轮回是一个神奇美妙的传说，三生石的约定，开满曼珠沙华的彼岸，日夜更迭熬着汤的孟婆，生死桥上往返来去的黑白无常。我时常会想，如果死后还能有知觉和思想，能够走过生死桥和幽幽炼狱，当美丽的传说真的发生，死会不会变得不再那么可怕。

然而，一切的答案，终究无人知晓。死去的灵魂，不会告诉我们黄泉下的风景，而活着的人，也无法预知终点之后的旅途。在所有人眼中，不论是谁走到生命的终点，他生前的爱恨情仇，善恶功过，都已经灰飞烟灭，或许，只有死的人，才能被后世活着的人，公正地评说。会昌六年，还是三月天气，初春微凉，桃花瓣上的晨露依稀未干。幽深的大明宫，挂上了重重的白幡，皇家的丧钟沉闷响起，灰黑的天际，掠过无数惊起的飞鸟。

一个再寻常不过的夜，因为当朝帝王的薨逝，变得意味非凡。而身在秘书省的义山，听闻这个举国震惊的消息，心中的滋味，难以言明。毕竟，武宗是被称为“中兴之主”的帝王，虽然他醉心仙道，宠信宦官，但大唐王朝在他的手中，到底曾经焕发过新的生命力。当他还在世时，义山曾写过不少讽刺时政的诗文，在这位帝王死去之后，义山却惘然了，他不知道，接下来即位的皇帝，能否带领这个走向毁灭的王朝，恢复盛唐的泱泱风采。

薨逝的武宗膝下无子，光王李忱被推上皇位，也就是历史上的唐宣宗。或许是因果轮回，新即位的宣宗，为人行事，处处与武宗反其道而行之。武宗沉迷道教，曾数次下令灭佛，佛寺尽毁，寺中僧尼都被强制还俗。而宣宗，却酷爱佛理，武宗灭佛，他却兴佛，因此将道教驱逐出长安，武宗所宠信的道人也先后被杖毙或流放。整座长安城，只闻佛钟响，不见烟气绕梁。义山却是笃信道教的，还曾经前往玉阳山上修行，从而牵出了一段露水情缘。而他的好友，许多亦是道士。宣宗的旨意一下，长安城中少了许多知交故旧，义山顿时觉得寂寞孤冷，一人孤坐时冥想，却只能徒然遥遥祝福，那些好友一路安然。

轮回交替，有人离开，也就有人到来。义山的生命之旅中，出现了另一个全新的身份——父亲。他的妻子小蝶，终于在成婚多年之后，为他生下了第一个孩子。那是个粉雕玉琢的小女婴，继承了他和妻子身上最美好的部分，生得晶莹剔透，如同观音座下的小玉女。是年，义山三十多岁。之于当时而言，是不折不扣的中年男子。这个年纪才当上了父亲，他自然是十分欢喜。虽然那只是个女孩，在当时看来不过是生了个“赔钱货”，可他依旧将这个女儿视若掌上明珠，疼爱无比。

那确实也是一个值得所有人娇宠的孩子。乖巧，漂亮，教人心疼，容貌如她的母亲一般秀美。温庭筠来探望这个初生的小女婴时，便不由得为这个孩子精致的眉目而感叹。那亦是唐末的名人。我忘记了什么时候翻起过他的诗词，却始终记得那句：双双金鹧鸪。别人说，温庭筠的词写得美，可美则美矣，却没有什么灵魂。我却觉得，能够将汉字组合成如此绮丽的面孔，只是这份绮丽，就能够教人心动。其实，我更喜欢他的名字，温庭筠。一字一字，都如此温柔雅致，只以为那也是一个温柔雅致的诗人，同义山一般。

后来才知道，温庭筠，有人给他取了个绰号，叫作“温八叉”。据说，他丑得能把孩子吓哭，虽然知道灵魂和相貌无关，然而知道这个所谓的真相，还是觉得啼笑皆非。我总是以为，所有写得一手好诗词的文人，都应该温润如玉，君子翩翩，如同那些传奇话本里的男主角，个个风流俊秀，无意中从春草横生烟波柳色的庭院前走过，也有如花似玉的闺阁小姐，芳心暗许。晚唐时分，义山和温庭筠，是并称“温李”的两位诗人，大约世人都觉得两人的诗词，写得都是那样香艳缠绵，就将他们归到了一处。而义山和杜牧，后世亦将他们并称为“李杜”，不过是因为他们都善于咏史。

可义山诗的香艳，更是一种清艳，透着温情，透着暖意。温庭筠的诗词，应该是一种浓艳，带着旖旎，带着浓香。这样一位善写艳情善写风流的才子，眠花宿柳的温庭筠，却是义山的好友。缘分真是奇怪的东西，分明是一位跳脱，一位内敛，一位潇洒，一位沉静，一位处处留情，一位却对爱忠诚，这像是天差地别、南辕北辙的两个人，却成为了知交，相互之间，嬉笑怒骂，放浪形骸，肆无忌惮，毫不在意。

女儿的满月酒，清贫而热闹。义山在京城中的好友，包括温庭筠，还有姐夫韩瞻，也带着家眷前来道贺。宾客中还有一位小朋友，生得俊秀可爱，缠着义山非要去看新生的妹妹，童言稚语令人忍俊不禁。那是韩瞻夫妇的儿子，小名叫作冬郎，算起来，这个粉嫩的女婴应该叫他表兄。温庭筠酷爱开玩笑，于是出言逗弄说：“这莫不是郎骑竹马来，绕床弄青梅？”仿佛冥冥之中的约定，在场的大人们，谁都未曾想到，多年后，这两个孩子，竟然当真有了一段情。这个小名叫作冬郎的孩子，日后亦成为一名诗人，他行走于世间的名字是韩偓。义山对这个晚辈甚是喜爱，便在诗中夸奖其道：“桐花万里丹山路，雏凤清于老凤声。”

世事难以预料。而世间的一切，每分每秒都在物换星移。女儿的出生，仿佛驱散了笼罩在这个家庭上的阴云，带来了一些欢喜。大中元年，是宣宗即位后改元的新年号。众人都在心中喜气洋洋地想，新年新气象。诚然，除了女儿的降生让义山无限欢喜之外，弟弟羲叟考上进士的消息，亦是令他欢天喜地。

长兄如父。听闻这个消息，作为长兄的义山，纵使欢喜得有些失态，也是情有可原。父亲早逝，几位长姐又相继去世，可以说，他和幼弟羲叟，是在母亲的拉扯下相依为命地长大的。而近年母亲也仙逝而去，这个世界上血缘最为亲近的，就是他们兄弟二人。当年，义山和柳枝的婚约未能成真，其中也跟羲叟的大力反对有关。可想而知，他们兄弟的感情有多好。而羲叟在义山心目中的地位，有多么重要。此时弟弟也中了进士，李家兄弟二人都是进士出身，也不算给家族门第蒙羞了。

女儿日渐长大，已经长出了第一颗牙齿。原本只有两个人的家，因为有了这个孩子，越发添了生气。然而，除却活泼泼的生气之外，随之而来的也多了许多用钱的地方。可怜天下父母心，总觉得自己再苦再难，都是可以承受的，可是面对娇弱的孩子，却不忍心他们跟着自己一起吃苦。义山是父亲，又是多年才圆满了这个做父亲的夙愿，不像那些早早成亲生子的男子，因为自己几乎都还是一个孩子，无法体会当父亲的成就感，也无法承担做父亲的责任，孩子啼哭都不晓得如何安慰。义山知道，女儿的出生，除了带给他莫大的欢喜之外，自己的肩头，又多了一份责任。

出生，成长，衰老，最终走向终点。这些都是人生必经的旅途，就在这旅途中，我们会不断地变换身份，从娇养在深宅的孩子，天真无忧，不解世事，逐渐开始明白人世的道理，经历挫折，经历痛苦，经历悲欢离合，然后明白那些千金都无法换取的道理，成熟长大，由稚气的孩子，变成能够承担起一个家庭和一份责任的人，当父亲，当母亲，悉心教导，循循善诱，渐渐地，就白发苍苍牙酸齿软。那是世间无止境的轮回，生命却因此而圆满。

长安城本来就是米珠薪桂的地方，凭借义山九品芝麻官的俸禄在这里生存下去，夫妻俩的生活就已经捉襟见肘，添了个玉雪可爱的小女婴，更加举步维艰。如果再在长安待下去，那只能坐吃山空。义山想，是时候另寻出路了。

时年，二月。冰雪初融。曲池的杨柳被第一缕春风吹软，大雁塔下的第一朵桃花盛开在了美人乌黑的鬓角。义山随同桂州刺史郑亚离开了长安城，成为郑亚的幕僚，这是义山的顺势而为，也是他无可奈何下的决定。

无忧无虑的人，或许终其一生，都无法明白义山的抉择。生于艰辛的人，却能够了解义山的痛楚。情之所至，哪里又管得了许多？当所谓的坚贞和现实无法两全，就只能选择生活。都说留得青山在，不愁没柴烧，这些话说起来人人都清楚，生活对义山，却始终以苛责的冷面，冰冷相待。人们只看到义山选择了郑亚，就以为他背弃了牛党，投靠了李党。他们却没看到，从始至终，义山都是性情中人，他的朋友，上至王孙贵族，下至平民百姓，他从未因为身份的差别，而改变自己交友的方式，只要意气相投，能够把酒言欢，就是他李商隐的朋友。郑亚和他一样，都来自荥阳，亦是人品才学出众之人。只是如此，就已足够。

也只有这样的义山，才会不顾一切，只是凭着一腔爱意，非小蝶不娶。也只有这样的义山，纵使被情同兄弟的八郎误解，也要坚持自己的原则，行走在自己的天地里。我们可以说他固执，愚蠢，不通人情世故，却无法否认，这样的义山，有着健全的人格和完整的灵魂。

那是一个晴暖天气。娇嫩的女儿穿着精致的粉衣小裙，在妻子的怀中咿呀学语，她不知道，自己的父亲即将远行，也不知道，自己的母亲心中经历着怎样的凄凉和痛苦，却偏偏要，露出安心的微笑，目送丈夫远行，这不是第一次，也不会是最后一次。妻子心中的苦痛，唯有远行的丈夫才能明白，面对这样强忍悲伤依旧要笑意温婉的妻子，他只能抑制眼中的泪光。他不敢想，当女儿叫出第一声“爹爹”时，他这个爹爹，其实远在千里之外，他也不敢想，当西窗烛火隐约明灭时，映射出的唯有妻子孤独寂寞的身影。他只是害怕，那样的画面，会将他故作坚硬的心，又重新勾勒柔软。

出宿金尊掩，从公玉帐新。

依依向馀照，远远隔芳尘。

细草翻惊雁，残花伴醉人。

杨朱不用劝，只是更沾巾。

——李商隐《离席》

不复年轻的男子饮罢残酒，挥墨上马。天际的斜阳，残照依稀如血，谁的影子一直伫立，直至拉长，定格，如同一幅时日长久的画？流年打着芭蕉去，又有谁知道，他的归期，是在何时？他的归路，是不是依旧是这条长长的悲伤的古道？

人间晚晴

深居俯夹城，春去夏犹清。

天意怜幽草，人间重晚晴。

并添高阁迥，微注小窗明。

越鸟巢干后，归飞体更轻。

——李商隐《晚晴》

晚晴。晚晴。一直都很喜欢这两个字，因为多年前那部掀起过腥风血雨的电视剧。里面的女主角，就叫作晚晴，傅晚晴。她嫁了一个惊才绝艳却机关算尽的夫君，她是一个善良到晶莹剔透的女子，如同她的名字一样，幽香馥郁，晚来风晴。可结局并不好，她最终自刎。一缕芳魂随风而去，人间果然再无晚晴。

因为这个女子，我爱上了这个名字。而多年后，翻到义山的这首诗，便情有所钟。“天意怜幽草，人间重晚晴。”总是能让我想到那些温婉柔软，却坚贞纯挚的女子。这个古老的国度，从来不缺这些女子。千年的规条，早已将这些女子的心性，磨砺得风平浪静。娴静纯真，那是她们最基本的要求。多少红颜，送走了不过团聚三两天的夫君，依旧要强作欢颜；多少娇花，倚门西望，望穿秋水，守候一个没有归期的归人，庭前的草几度荒芜，阶前的花几度开落，却只等到几封残墨，几声雁鸣。

她们。她们。和她们。我总觉得，可恨，可怜，又可敬。我最恨的是那个忍辱负重、苦守寒窑十八年的王宝钏。堂堂的丞相千金，谁要她荆钗布裙，一等就是整个韶华尽，谁要她甘心忍受风霜雨雪，最终只是落得十八日的荣华与虚无，白白给谁承担了一世英名？最可怜的，也是她。漫长十八年的等待，盼得薛郎归，可薛郎却早已在西凉国娶了玳瓒公主。一声长叹，百般无奈，她有太多的情说不出口，也有太多的恨，无法宣之于众人。可如果她们的良人，如果真的是良人，能够善待并明白她们，或许在她们眼中，一切就都成为理所应当，都是未曾被辜负和值得的。小蝶，或许，是幸福的。

清明雨上时节，江南正是采茶忙。我们的诗人已经离开了那让自己魂牵梦萦的长安，也远离了自己惦念着的妻女。三月春雨清寒，四月春风和煦，在徐徐前行的帆船里，却水汽朦胧，格外清冷。此行的目的地是桂州，亦是今日的桂林。那时的桂林，还没有甲天下的美名，然而格外细腻灵敏的诗人，却早已发觉，沿途的风景，格外清峻秀丽。

南下江陵，许多地方车马无法抵达，只能弃马登舟。那是一段也美丽也艰险的旅程，义山走上甲板，眺望一路重重秀美山色，隔水而生的树木郁郁葱葱，如一个幽深不知底的瑰梦。水色如烟，如惆怅红尘，而这帆舟了，就在这长长的红尘中渐行渐远。他怅然相思，忍不住轻吟那首飘逸淡愁的诗："朝辞白帝彩云间，千里江陵一日还。两岸猿声啼不住，轻舟已过万重山。"这万重的山过去之后，会是一片怎样的风景？义山不知，如同他不知未来的命运。他微微蹙起双眉，不经意里，吟成诗篇："祝融南去万重云，清啸无因更一闻。莫遣碧江通箭道，不教肠断忆同群。"（《失猿》）

当他还是孑然一身的白衣少年时，就已经远离了故土，随着恩师奔波流转各地。从郓州到长安，黄河流经过的城市，都布满了他的足迹。江南，也曾留下过他的身影。可他还不曾，踏足过当时被视为"蛮荒之地"五岭之外的地方。那是不毛之地，民风冷厉，是一个未曾被礼仪开化的地方。义山心中不是没有担忧过，只是这种担忧，在他迈下船头后，瞬间被南疆浓郁的风情丽色挥之而去。同长安的大气精致不同的是，这个被称为蛮荒的地方，生机勃勃，鲜明艳丽，就连绿意，也比其他地方浓上几分，郁郁森森，几乎浓成了墨色。

而这里的风土人情，更令义山大开眼界。他之前走过的地方，都是礼仪教化之地。桂州的百姓，却更喜欢巫觋神鬼，他所感受到的，是浓郁的异域风情，神秘而灵巧，仿佛身侧，不经意里就有灵魂飘忽而过。这座沿山势而建的城市，给他留下了最初的美好印象。因为他和郑亚的友情，受到格外眷顾的他被安置在一座幽静的别院。那是一座可以俯望山城的小小庭院，像这里所有的房子一般潮湿，却比它们更加宁静。

其实王维也曾来过桂州，流光转瞬而逝，来到这里的义山，又是一位闻名天下的大诗人。只是当义山在落笔“天意怜幽草，人间重晚晴”的诗句时，可否想到王维的《竹里馆》，那同样是一首风情幽静的诗：“独坐幽篁里，弹琴复长啸。深林人不知，明月来相照。”尽管他们的诗风不尽相同，一位是山水田园诗的翘楚，一位却是朦胧诗的开山祖师，然而在这种深静的意境当中，却仿佛心有灵犀，自有相连。

远方有鸿雁托书而来。义山匆匆展信，不由得喜上眉梢。信中只有寥寥数语，是小蝶亲笔所书。却是告诉他，他即将再度当上父亲。她现在正与京中六姐一家住在一起，她好，女儿也很好，一切都不用担忧记挂。虽然不过是平淡得近乎轻描淡写的几句话，却令义山心潮澎湃。他和羲叟都已经是年近四旬的中年男子，侄女寄寄逝去之后，羲叟膝下的孩子们，也都是女孩，而他膝下也不过只有一女。虽然他藏在心中不曾告诉小蝶，不希望将这个额外的压力带给她，诚然，他希望这次会是个男孩，这是李家需要的，也是他们夫妻所需要的。

桂州的生活，除却对妻女深深的思念之外，仿佛一帆风顺、风平浪静。郑亚为人清正，因着他和义山半是远亲半是良友的关系，格外厚待义山，开府未久，就擢升义山为幕府中的掌书记。不日，又升义山为桂州支使，虽然那并非是朝廷上正式的官职，却在桂州当地，也算得上是一人之下万人之上。郑亚的厚爱，几乎令义山感激涕零。感激之余，更加悉心工作，公文，一字一句，都出自他的细细斟酌。

九月。长安已经是秋风微凉的时节，桂州依旧晴空飘云。义山着手撰写李德裕《会昌一品集》之序言。这是他额外的任务，并非是工作上的往来，只是郑亚求托于他的。实际上，这是一件看似寻常，又暗藏玄机的事情。李德裕，曾官至丞相，会昌年间李党领袖人物，时至今日，已被牛党打压消沉下去。虽然依旧是一品官身，手中却无实权。宣宗即位后，曾经风头无二的李党转入颓势。就在此时，李德裕将自己文集作序之事交给远在千里之外的郑亚，实际上也是无可奈何之举。偌大的长安，还有谁愿意惹祸上身，未曾对他避之不及，就已经是厚道之举了。郑亚亦是进退两难，干脆将此事交给了义山。原本，义山可以推拒，没想到，他听说此事之后就慨然答应下来，立即着手撰稿。

也是。李商隐，那本来就是一个是非分明、清廉耿直之人，他一向厌恶党争，若是为了党争的缘故，而退避三舍，那就不是后世的我们所能看到的义山，也不是小蝶当初心心念念抛却荣华富贵所下嫁的义山。书墨，是他的风采，而正直，则是他的灵魂。

夜上三更。满城灯海瞬息而灭，这座翠绿的城仿佛陷入了一片浩瀚的墨色，半山的庭院，依旧青灯一盏，飞蛾窸窣。灯火微微，延展出一个清癯的身影。诗人挑灯熬夜，以一心的纯挚虔诚，写就了这篇流传千古的《会昌一品集序》。未久，郑亚派遣义山北上江陵拜谒郑肃。这是一个心腹之人才能承担的工作，显然，经过作序一事后，郑亚对义山的人品再一次刮目相看，信任亦是更上了一层楼。

归来之后，郑亚又让义山暂任昭平太守一职。唐朝外放的地方官员，有权力指定辖区里的行政长官。这个消息，义山得知之后，自然觉得十分高兴。那还是他第一次就任一地之长。他也曾被外放到某县，可那不过是一个可有可无的县尉之职，县令，县丞，任是谁都可以作践于他，那次经历，实在是让他印象深刻。如今能够就任一方官员，纵使只是暂替，到底也扬眉吐气了一番，更重要的是，他手中真正拥有了可以为百姓做出一番事业的权力。

相比长安，桂州已经是一个蛮荒之地，而离桂州数百里外的昭平，更是一个不毛之地。义山来到这里，才发现实际上桂州堪称繁华。这里的风俗更是奇特，天气也时常随意纵行，晴空万里时，也突然会落下倾盆的雨。那些冰凉的雨，虽然浇灭了义山心头涌动的欢喜火，却没有熄灭他愿意为当地平民做一些事情的真心实意。真正令他感到沮丧凄凉的，是这里的人心。他是贸然被派至此地的官员，手头也没有正式的牒文，原先的官员都自成一系，十分排外。加之这里的百姓经受了多年欺凌，屡屡失望，早已经对上头的长官不抱任何希望，对于义山的善良，亦是嗤之以鼻。

诚然，当人心反复被戏弄，给过希望，又将希望抽空，那些善良的人，终究也会寒了心，用一张冷峻的面孔，对待一切。极度失望里，原本就恋家的情绪卷土重来，义山想到了京中待产的妻子，还有刚刚开始咿呀学语的女儿，她现在可学会叫一声“父亲”？相思纵横，瞬息燎原。都说思念抵达极致，灵魂就会脱壳而去，归去想去的地方。可为何，自己睁开双眼，依旧身在荒芜的边疆。义山苦闷之际，只能借写家书，缓解心中抑郁。

二月二十二，木兰开坼初。
初当新病酒，复自久离居。
愁绝更倾国，惊新闻远书。
紫丝何日障，油壁几时车。
弄粉知伤重，调红或有馀。
波痕空映袜，烟态不胜裾。
桂岭含芳远，莲塘属意疏。
瑶姬与神女，长短定何如。

——李商隐《木兰》

他和小蝶，原本有二月之约。他们曾约定，当次年的二月来临，他就会回到她的身边，可此时已经是二月二十二，他却遥遥未知归期。千里路迢迢，将一切消息都拉长。送到彼此手中的家书，也早已在微凉的风尘中，干涸了墨迹，泛黄了信纸。合上书信，一时间，木兰花芬芳幽冷，他只是，归心似箭。

第六章

墨香未染袖带风

孤灯夜归

不如归去。不如归去。当幽林里的杜鹃，开始这样声声切切地低唤，悱恻如入骨，漂泊在他乡的人，难免要被勾起沉淀的回忆，与思乡的情绪。

凄凉的歌声像是穿透无限残忍的时光，多少年后，当年的爱恨都已经残败凋零。李碧华讲述的故事总是凄艳冷峭，丝毫未曾怜惜过笔下的灵魂。如花如是，白素贞如是，程蝶衣未免也不能逃脱。故事里欢愉的结局，仿佛片刻就能遗忘，而凄惨的结尾，总是令人唏嘘惆怅，似乎悲剧比喜剧，更能洞彻人的内心。或许，一旦陷入安心，人生就显得酣然，若是伤心，反倒能够情深意重，天长地久。

如若牛郎和织女之间，消失了那条阻隔的银河，上苍大发慈悲，给予他们长相厮守的机会，曾经的甜蜜恩爱，会不会消失在这漫长的流沙里，继而相互厌憎，冷落，直至抛弃彼此？人心本来就是最难以预测的东西，或许只是因为隔着时间，隔着追逐，才觉得新奇可爱。那些离散的人，也曾彼此深深眷恋，在街角的昏黄灯影下分食同一支雪糕，然后甜蜜蜜地手拉手一同去看夜场的电影。他们从不曾想，多年后会满脸厌倦，分明身在同一个屋檐下，却仿佛形同陌路——因为太熟悉，太习惯，所以就忘记了应该仔细，应该在乎。

所以，我不知道，义山和小蝶的爱，是不是可以经得起时间的摧残。历史没有给他们长相厮守的机会，他需要为生计为家庭奔走天涯，她只能留守家中望穿秋水，在十余年的婚姻中，他们不过相聚了三年的时光。我也不知道，这段被义山形容为“沧海明珠”的爱，是否因为远隔天涯，而显得格外珍贵。毕竟，都说距离产生美，都说得不到的是最好的。他爱她，她也爱着他，可再也没有什么，能够证明此爱无坚不摧。

或许，是我太悲观。在多年的分离中，也不曾失去温度的爱，或许才是最真挚的。义山并不是没有过背叛的机会，那是个男人三妻四妾寻常的年代，身为刺史幕僚的义山，身侧如花美眷亦是似水流年来去，可是他选择了坚持。纵使他在步入婚姻之前，爱过玉阳山上的宋华阳，也爱过春风拂面去的柳枝，在成为那个被自己深爱着的女子的丈夫之后，他却是忠诚的。唯一一次酒后失仪，酩酊大醉的他为在场那位最美貌的歌伎挥墨写下了一首《席上作》：“淡云轻雨拂高唐，玉殿秋来夜正长。料得也应怜宋玉，一生惟事楚襄王。”这首微带艳情的诗词，原本只是寻常，却令酒醒之后的他追悔莫及。

大中二年，二月。李党的领袖人物李德裕终于被宣宗贬职。这只是一个信号，一个开始，此后，李党受到了更严厉的打压。即使被贬职桂州的郑亚，也再度被贬到了循州。在将郑亚送到了循州之后，义山提出了辞别之意——他惦记着远在长安的妻子儿女，也是时候归去了。总归是漂泊天涯的旅人，可以自由行走，也必须要忍受旅途的寂寞，和近乎残酷的相思之意。郑亚能够理解义山的心情，因此亦是笑着为他饯别送行。

三月，义山北上，终于踏上了归程。孤江夜雨，他独自坐上了北归的船只。这样凄冷的夜晚，又伴着那样潇潇的冷雨。已经不是来时那般喧哗，只有他一人，伴着两岸黝黝山色，伸手捕捉一道斜长的影。于是，更容易相思，容易失意，容易怅然。这样枯坐着，往往就是一夜，等得天色发白，暮光熹微时抬眼望入山林，更觉得索然悱然。分明是春日的时节，然而南方多雨，早早就将林中花红打落，漫山冷雨，如同一幕过早谢幕的戏，草草了结，骨鲠在喉。

五月，孤身漂流的义山来到潭州。六月，他才来到江陵。在江陵耽搁了月余后，他匆匆折返，欲要沿着长江上岸。未想，连日雨水连绵，江水涨潮，他被困在当地无法起程。当真有种屋漏偏逢连夜雨的意味，急怒之下，更添惆怅。等到潮水回落，能够上船离开时，已经是七月中旬。可是他顾不得那么多，只想着早日回到家中与妻子团聚，杜甫那句："即从巴峡穿巫峡，便下襄阳向洛阳。"当真是无限应景。

水路是看天走路的，这一路上，又耽搁了不少光阴。就是在这时候，义山收到了妻子的来信，其实那是多日前从长安寄出的，早已过了时效。然而，之于义山，到底是家书抵万金，他反反复复看了许久，几乎将每一个字眼都镌刻于心。因而，相思如箭雨，摧枯拉朽攻城略地，他忍不住泪意阑珊。这漫长的旅程，连他自己都不知道什么时候才能结束，而妻子在信中问自己何时才能归来，这未知的答案，他也无从说起。

一些人或许不知道李商隐的"身无彩凤双飞翼，心有灵犀一点通"，"晓镜但愁云鬓改，夜吟应觉月光寒"，也不知道"春心莫共花争发，一寸相思一寸灰"，却始终记得他的《夜雨寄北》："君问归期未有期，巴山夜雨涨秋池。何当共剪西窗烛，却话巴山夜雨时。"那是多么惆怅的相思，又是多么沉重的爱。欲要归去，却不得归期，只能在幻梦中赖以生存。真情实意的爱，总能走进人们灵魂的最深处，或许，这首诗之所以能够流传千古，无数次被人提起，正是因为这份真切痛楚的相思之意。

也正是因为这首诗，我明白，有些爱，会因为时时刻刻的厮守而染上尘埃，最终变得面目可憎，不堪回首，而有些爱，会因为遥远的时空而更加坚定洁白。而我们的诗人，虽然不曾像王维一样，如同一张纯净的白纸，一生一世只爱过一个女子，甚至在妻子死后从未再娶，孑然一身孤独终老。然而，义山对于每段感情，都是真挚虔诚的，他从不轻易说开始，他愿意开始一段永不离散的爱，却总是被世事流年阻隔，最后悄无声息地结束在时光里。他爱过，痛过，给予过，也得到过，最后怅然收场，无可奈何，也不会为之遗憾。此时的义山，依旧不知，他以为得到的爱，最终也无法挽留。

初秋，船靠荆州。在这个充满历史风云的城市，义山上岸步行。他长达千里的旅程，已经开始逐渐看到终点。那是一个空间路程的缩短，也是一个相聚时期的接近。他终于露出一缕清朗的笑意，这样纵容的笑容，已经很久不曾出现。

匆匆走过无数风景，将所有美丽或险峻的风景，都抛在眼后。如果是寻常时分，他或许会驻足，或许会诗兴大发，用他的笔墨将大好河山全部记录，在日后回顾平生时展开细读，而后暗自得意。可他步履匆匆，只顾埋头前行，浑然忘记了自己原来是一个诗人，一个应该以笔墨写生平的诗人。风景无法打动他的心，他的双眼，却无法忽略战乱中流离失所的人们。每一个接近末路的王朝，都是动乱不堪血流成河的时代。晚唐，亦是如此。

宣宗穷兵黩武，派出大批军队同党项交战，而边城附近的百姓纷纷溃逃出城。战火燎原，牵一发而动全身，一场战争，总是要伤害那么多的人，让那一页史书都血迹斑驳。义山一向心怀天下，此时也不免为之震撼，忍不住要为这场动乱说话。史家不幸诗家幸，乱世出英雄，而乱世中的诗歌，也更加真实可信，令人灵魂都为之颤抖。

西师万众几时回，哀痛天书近已裁。

文吏何曾重刀笔，将军犹自舞轮台。

几时拓土成王道，从古穷兵是祸胎。

陛下好生千万寿，玉楼长御白云杯。

——李商隐《汉南书事》

作为一位有着鲜明良知和正直灵魂的诗人，他不堪百姓忍受这样的苦难。苍生何辜，又凭什么要为高座上的帝王轻率的决策付出代价？可他无能为力，他只恨自己除了以笔墨鞭笞之外无能为力。他不是高位掌权的官宦，能够用手中的权力给这些失去家园的百姓，一方憩息的所在；也并非是富甲一方的巨贾，可以在街头巷尾搭上善棚施粥送药，让那些受伤的人至少能够食饱。

深秋时分，风尘仆仆的诗人终于赶到了商洛一带。这里距离长安已经不远，而第一场雪，也纷纷扬扬地飘落而下。那个约定好的二月之期，在延期了数月之后，终于将不日实现。诗人背着行囊，用喜悦和期待，将满心的惆怅驱逐，这也给他带来莫大的勇气。

世情如薄

此时，我落笔的夜，是一个安静到极致的夜。其实时间还并不晚，篱笆外的马路上，还有车辆来回呼啸，匆匆，又焦急。楼下是一个十分漂亮的小花园，有一座小小的假山，没有喷泉也觉得可喜，还有茂密的灌木丛，总是有几只肥白的猫在晴空下，懒懒地躲在一旁晒太阳。猫是很会享福的，虽然是一群流浪猫，照样干净整齐，一丝不苟。我时常看到有好心人，拿了香肠和肉干，悉心喂食。世界上，好心的人到底还是大多数，虽然也会有一些小小的邪恶念头，但片刻后又会烟消云散，付之一笑。

可到底也有些人是真坏的，先天或是后天地各种作孽。于是老话就讲，这些人是上辈子被深深伤害，所以今生来寻仇报复。这样想想也有道理，如果当真有轮回，如果当真事事都这样公允平正，倒也无话可说。实际上这些都是在自欺欺人，图个心理安慰，好让一颗受伤的心不至于那样疼痛。有些痛苦，可以用这种阿Q精神来治疗，有些痛，却是一生一世都无法愈合的，那是深入灵魂的伤口，轻易不能忘却。譬如，陆游与唐婉。

那个故事已经众口相传，尽人皆知。可我依旧愿意提起，回忆，用我的想象来丰满这个忧伤的故事。“红酥手，黄縢酒，满城春色宫墙柳。东风恶，欢情薄，一怀愁绪，几年离索，错、错、错。春如旧，人空瘦，泪痕红浥鲛绡透；桃花落，闲池阁，山盟虽在，锦书难托，莫、莫、莫。”因为这首词，因为这段情，人们总乐意提起这对多舛的恋人，最后用一声长叹来结尾，或许陆游自己在写下这首《钗头凤》时，也不曾想到会有这样缠绵的流传，这样久，这样让人觉得伤感。

相爱而不能相守，可得却不能得，近在眼前而远在天边，那都是十分伤感的事情。悲伤，容易令人反复留恋，最后将一生都赔了进去。其实我更爱唐婉相和的那首《钗头凤》：“世情薄，人情恶，雨送黄昏花易落；晓风干，泪痕残，欲笺心事，独语斜阑，难、难、难。人成各，今非昨，病魂常似秋千索；角声寒，夜阑珊，怕人寻问，咽泪装欢，瞒、瞒、瞒。”或许在艺术造诣上，不如陆游的那首美妙，但是用情至深，只让人觉得，这个忧伤的女子几乎柔肠寸断，芳心欲碎。

据说，后来这个女子相思成疾，未久，便离开了人世。《钗头凤》成了绝唱，而陆游依旧活到了八十多岁才故去，在生命的最后，他可曾想起那个为爱丧生的表妹？其实他更记挂的是“王师北定中原日，家祭无忘告乃翁”。这就是女人和男人的不同，女人可以为爱赴汤蹈火，男人却不能因此抛却一切。身为男人，应该顶天立地，应该英雄盖世，在他们的生命中，绮艳情爱，不过是繁花点缀。于是，伤感便油然而生。有人说：当女人像女人，当男人像男人，一个家才能成为一个家。或许会有人不能认同，觉得如今的女人，也应该有自己的一片天地。可实际上，男耕女织的传统，并不是全然没有道理的。

所以，才有了义山的背井离乡，出门远别，其实就是为了负起一个家庭的责任，作为丈夫和父亲，那是他必须完成的责任。他几度奔波，几度返家，而这次归来，家中又已经添了一个小生命。如他所愿，这次小蝶为他生下了一个男孩。当他回家时，妻子安好，女儿活泼，睡在襁褓中的孩子专注酣然，一切都如若梦境，一个美好的梦境。

他给新生的儿子取名叫作衮师，小名阿衮。衮，是帝王拜祭时所穿的礼服。衮师，意为帝王之师。年轻时，他也曾怀着这个梦想，希望有朝一日，能够站在帝王的身侧，翻云覆雨，海晏河清。那是何等地荣耀与骄傲。然而，这个辉煌的梦想，在一次又一次的失败、受挫之后，他终于明白，那到底是遥不可及的梦想，尽管他身在帝都，名满京华，却连帝王的颜面都没有朝见的资格。他只能，将这个梦想寄托在孩子身上，他还幼小，人生不过刚刚开始，不像他的父亲，生命已经定格，再也无力去奔赴一场无望的追逐。

此时，遭贬的八郎令狐绹早已回京，备受恩宠，圣眷日隆，登朝拜相指日可待。而李党的领袖李德裕则一再遭贬，九月，再度被贬为崖州司户。另一中坚人物李回也被贬为贺州刺史。朝政上的风云际会，如同此起彼伏的命运，风水轮流转，总有人哭，总有人笑。义山是这场历史的见证者，他经历过李党的兴荣，也亲眼看着李党走向衰败，每当想起这些事情时，他总是难以平静。牛党中有许多他的好友，而李党中许多朋友也同他息息相关。因为都与他关系匪浅，所以他的心，没有任何的偏向，反而能更公允地看待此事。

许多时候，我都在想，如果义山不是那样纵情肆意的性格，他会不会有朝一日，如同令狐绹一样，登朝拜相，当真成为帝王之师？这并不是没有可能的，令狐楚对这个弟子，一向十分宠爱，而令狐绹、令狐绪兄弟，在义山成婚之前，几人情同手足。义山能够中进士，还是令狐绹的大力举荐。想必，义山有难，他们也不会袖手旁观。其实有时，我们只需要一点点助力，就能够青云直上，只是往往造化弄人，就是那一点渺小的帮助，却是可望而不可即。一切终究无法改变，义山也无法成为自己想要成为的那种人。他的性格，冥冥之中，就已经决定了他的命运，可若是要他违背本心，去做一些自己并不愿意去做的事情，纵使他年能富贵荣华，可是，他会不会，真正地快乐着？

曾共山翁把酒时，霜天白菊绕阶墀。

十年泉下无消息，九日樽前有所思。

不学汉臣栽苜蓿，空教楚客咏江蓠。

郎君官贵施行马，东阁无因再得窥。

——李商隐《九日》

据说，这是义山在拜会令狐绹时，再一次被闭门拒见后，在屏风下留下的一首诗。其中写到了令狐绹的父亲，他的恩师令狐楚，义山赞颂了恩师的高德，又隐约暗指令狐绹的德行比起令狐楚，实在是不值一提。诚然，令狐绹为人气量狭小，无意得罪于他的温庭筠，在他得势后被屡屡打击，而当年与他情同手足的义山，也被视如陌路。义山写下这样的诗，是失望到极致，亦是决意就此断交。文人的气骨，容不得一而再、再而三的卑躬屈膝，他的心，不容许他继续将心呈上去，任人践踏。

大中二年，寒冬。义山参加了吏部的冬日考试。想想也觉得凄凉，曾经是交友漫天下的诗人，却只能凭借着自己的一支笔来谋生。那些曾经真挚纯净的友情，都已经在残酷的世事中逐渐变质，索然无味。八郎回京之后，身居高位，义山曾出于友情，前去拜访，却被门人阻拦，只说主人并不认识一位叫作“李商隐”的朋友。当年诗酒共桃花的时光，当真已经一去不返。凭义山的才华，通过这样的考试自然是不在话下，然而他没有任何背景，录取后也只被授了一个盩厔县尉的九品小官。虽然无奈，可是为了生计，也只能远行赴任。

他只觉得对不起小蝶。女儿尚年幼，阿衮更是尚在襁褓之中，而自己这个当父亲的，却在匆匆归来之后，不日就要再度出门远行。幸而，这次远行并未持续太久，他身在盩厔不多时，京中传来了调令，将他调回京城为京兆尹留假参军。这自然也是个芝麻小吏，主管京兆尹的奏章、文书等。原本，他还以为是八郎回心转意，暗中照顾，因为当时的京兆尹是牛党中人，而令狐绹此时正是牛党的鳌头人物。只可惜，他后来才发觉，八郎早就将他这个朋友忘于脑后。自己能够返回京城，只因为他名满天下的诗名，到底可以给一些人，一个沽名钓誉的机会。唯一欢喜的，是能够同妻子儿女团聚，好歹，也算是一种安慰。

那年，五月，牛党领袖牛僧孺病逝。义山为之作奠文，杜牧为之写墓志铭。齐名的两位大诗人同时为之挥墨，一时之间传为佳话，由此，一直彼此仰慕，却无缘相见的两人，终于借着这个缘由，相识，相交。其实说起来，两人还有着若有若无的亲戚关系，义山的表兄杜悰，恰好是杜牧的堂兄。两人相见恨晚。

白头如新，倾盖如故。这样的成语，用来形容李杜二人，不管是大李杜，还是小李杜，都是极为妥帖的。义山诗文双绝，杜牧亦是风流才子。义山仕途坎坷，杜牧虽然比义山好上几分，到底亦是怀才不遇。这样两个相似的人遇到一处去，自然是滔滔不绝，口若悬河，纵使谈上三天三夜，也不觉得腻味。

黄梅清酒，夜半小酌，下酒菜只是一碟花生，半醉半醒里，风情旖旎之时，难免会谈起过往绮丽情事。杜牧一向是万花丛中过，片叶不沾身之人，多年里又身在江南，更是将江南的好风好景好佳人，都结识了个遍。年幼时候，我背过他的一首诗："青山隐隐水迢迢，秋尽江南草未凋。二十四桥明月夜，玉人何处教吹箫？"也背过他的《赠别》："娉娉袅袅十三余，豆蔻梢头二月初。春风十里扬州路，卷上珠帘总不如。"那些都是他写给歌伎们的诗，将她们的风情，描绘成一片玉色，令人醉心而神往。

古人总有这样的妙笔，生了花，带了芬芳，教人失魂落魄也觉得喜欢。杜牧的咏史诗写得好，艳情诗也写得妙极。那些风流绮艳的诗句，总令我想到百年后的另一位风流才子——柳永。政治上的失意，令他们不得不"琵琶别抱"，在眠花宿柳里寻求另一种快意人生，只是柳永将一生都献给了青楼名伶们，至死依旧是白衣卿相。而杜牧却并非沉醉了整个生命。

杜牧委实风流，义山虽然也写艳情，实际上并不风流。于是杜牧时常嘲笑义山，并将江南的繁华、歌舞升平讲与他听。十里明珠，百里歌声，那些缠绵的往事，不过是生命中的璀璨点缀。酒醒后，依旧要面对风霜与沉重的人世。

苍茫魂兮

还记得，那些最后一次吗？最后一次唱起那首《东风破》，最后一次走在落叶翩跹成蝶的小道上，最后一次紧紧拥抱然后诀别说再见。其实谁都知道，再见再见，再一次，就难以相见。可相见再难，只要彼此都尚在人世，总算是还有希望。杨过和小龙女分离了十六年，饱受相思的煎熬，最终皆大欢喜，还能重逢在浩渺的烟水之下。可如果，离开了苍茫的人世，又有谁，能够穿越红尘和黄泉，去奔赴一场决绝的相见？

凡事，带上了一个“最后”，就觉得黯然销魂。如果是“最后一次相见”，说起来，总觉得有朦胧的泪意执意泛滥。谁都知道，那就是生与死。所有一切的界限都模糊不清，唯有生死，是是非非，可以分得轻而易举。黄土上，生人鲜活，黄土下，死去的人成了白骨萧条，时光去，终究与黄土融为一体。可还记得，那些死去的魂魄生前，最后的容颜。他们的时光，永远被定格在那一刻，不论灿烂或是凄凉，不论如若鲜花还是形同枯骨。

义山记得，最后一次与妻子的相见，那是一个九月，秋意浓浓的九月。他又即将远行，前往徐州投奔武宁节度使卢宏正。与令狐绹的公然绝交，他已经无法从容地生活在长安，弟弟羲叟也已经调离长安，他没有理由，再在这座冰冷的城池里，耗费心力。他带着妻子儿女，回到洛阳，将妻儿安顿好之后，很快踏上了离别的行程。

我不知道。如果义山知道，此次一别，将是诀别，他会不会依然选择这样，义无反顾地踏上离程，而小蝶，如果知道自己将无法与深爱的夫君再度相见，她会不会依旧愿意放手，含泪送丈夫远行？可谁能预知，这是一次永远的离别，生死将永远阻隔在他们之间，直至再一次的死亡？他不会想到，年轻了他十余岁的妻子，将会无声无息地魂归黄泉，那本来应该是他的命运，却由深爱的人来承担；她也不会想到，生命竟然这样无力，命运竟然这样残酷，在儿女幼小时，就将自己带走，甚至来不及，说一声告别的话语。

其实，上天早就给予了预示。如同当年与柳枝的无声离别，那年的雪，那样绵密厚重，层层积累在本来就模糊不清的道路上，于是连识途的老马都看不清方向，固执僵硬着不肯再走。义山掀开车帘，心中不安，或许他也有感觉，只是生命永远被命运无奈驱使，谁都无法任意停下脚步，将时光随意安排——他的幕主卢宏正大人，正在前方的徐州等待着他，而他也已经接受了对方的邀请，君子不可言而无信，他也做不了出尔反尔的小人。

次年，年初。春来，月明。所有的一切，都仿佛在朝着好的方向发展着，他来到了徐州，再一次成为了幕僚。这一次，如同所有的幕主一样，卢宏正亦待义山十分亲厚，给他安排了判官的职务，同时也将书记的责任交付给他。义山逐渐安心，开始感激卢宏正大人对他的知遇之恩。

沛国东风吹大泽，蒲青柳碧春一色。
我来不见隆准人，沥酒空余庙中客。
征东同舍鸳与鸾，酒酣劝我悬征鞍。
蓝山宝肆不可入，玉中仍是青琅玕。
武威将军使中侠，少年箭道惊杨叶。
战功高后数文章，怜我秋斋梦蝴蝶。
诘旦九门传奏章，高车大马来煌煌。
路逢邹枚不暇揖，腊月大雪过大梁。
忆昔公为会昌宰，我时入谒虚怀待。
众中赏我赋高唐，回看屈宋由年辈。

公事武皇为铁冠，历厅请我相所难。
我时憔悴在书阁，卧枕芸香春夜阑。
明年赴辟下昭桂，东郊恸哭辞兄弟。
韩公堆上跋马时，回望秦川树如荠。
依稀南指阳台云，鲤鱼食钩猿失群。
湘妃庙下已春尽，虞帝城前初日曛。
谢游桥上澄江馆，下望山城如一弹。
鹧鸪声苦晓惊眠，朱槿花娇晚相伴。
顷之失职辞南风，破帆坏桨荆江中。
斩蛟破璧不无意，平生自许非匆匆。
归来寂寞灵台下，著破蓝衫出无马。
天官补吏府中趋，玉骨瘦来无一把。
手封狴牢屯制囚，直厅印锁黄昏愁。
平明赤帖使修表，上贺嫖姚收贼州。
旧山万仞青霞外，望见扶桑出东海。
爱君忧国去未能，白道青松了然在。
此时闻有燕昭台，挺身东望心眼开。
且吟王粲从军乐，不赋渊明归去来。
彭门十万皆雄勇，首戴公恩若山重。
廷评日下握灵蛇，书记眠时吞彩凤。
之子夫君郑与裴，何甥谢舅当世才。
青袍白简风流极，碧沼红莲倾倒开。
我生粗疏不足数，梁父哀吟鸲鹆舞。
横行阔视倚公怜，狂来笔力如牛弩。
借酒祝公千万年，吾徒礼分常周旋。
收旗卧鼓相天子，相门出相光青史。

——李商隐《偶成转韵七十二句赠四同舍》

这是义山难得的一首长诗，他很少写这样长篇的诗歌。其实长诗要写得流芳千古，不是一件容易的事情。《木兰诗》、《将进酒》和白居易的《长恨歌》尤其让人喜欢。虽然义山写得更好的还是他的朦胧诗或咏史诗，然而这首感情充沛的长诗，诚然也打动了不少人。仕途的坎坷，生活的困顿，心情的寂寞，幕主的知遇厚待，自己的感激涕零，都在这首诗中体现得淋漓尽致。四十而不惑，义山已经到了不惑之年，心绪未免更加柔软与敏感，世事也看得更加透彻——能够衣食无忧，妻子平安，儿女孝顺，此生便已足矣。

却总是，好景不长。大中五年，卢宏正病逝。义山悲伤之下，对生命的无常更加看透。生命本就是一支或长或短的蜡烛，燃烧的过程总是带着痛与泪，不知道何时就会熄灭而去。帮着卢家人料理好丧事，义山辞别挥袖而去，他知道，自己的命运就是不断地漂泊和奔波，尘世大如沧海，却没有一个地方能够让自己安宁地休憩。他摇头，清风卷起他的衣襟，仿佛恋恋不舍。只是义山不知道，洛阳故里，那个他期盼归去的地方，已经是声声凄凉，布满悲冷，那个令自己魂牵梦萦的人，再也不能如同以往一样，微笑着站在海棠花下，伸手拂去他满身尘霜，消散他所有的疲惫。

他的蝴蝶，飘忽而来，又飘忽而去。当他千里迢迢归来时，看到的是雪白的灵堂，和往来吊唁的宾客。年幼的女儿被用人抱在怀里，穿着苍白的丧服，懂事而懵懂地向着吊唁的人们叩首，而更幼小的儿子稚嫩无知，还不晓得发生了什么事情，独自号啕大哭。义山忽然觉得，那只是一场梦，一场做了十多年的梦。在梦里，他娶了最深爱的女子，恩爱两不疑，相思柔肠断。他们不断分别，又不断团聚，直至永远离别，梦醒时，就是这样一个无声的残酷的结尾，他想要开口挽留住什么，却发觉，什么都无法挽留。

他甚至，无法见到她最后一面，无法听到她最后的嘱咐。后来的时光里，他无数次想，其实她想要告诉他的，无非也就是好好照顾自己和孩子的那些话，这么多年的夫妻，他了解她如同了解自己。可明明深知，却依旧觉得残忍。他只是想，最后弥留的时刻，她可曾恨他，后悔曾嫁给了他。她分明可以有更好的人生，无忧无虑，纵使死去也会有相爱的夫君在病榻之前守候。可是自从嫁给他之后，她几乎没有过上一天的好时光，寂寞如影随形，清贫仿佛噩梦，有了儿女之后又日夜操持，她一定很想埋怨什么，只是就连怨恨，都无人在她的身侧。事到如今，他只想再听她说一句话，哪怕只有一句，哪怕这句话是恨，是怨。

西风正长

密锁重关掩绿苔，廊深阁迥此徘徊。

先知风起月含晕，尚自露寒花未开。

蝙拂帘旌终展转，鼠翻窗网小惊猜。

背灯独共馀香语，不觉犹歌《起夜来》。

——李商隐《正月崇让宅》

清明，半雨。有人孑然一身，推开了久未有人居住的老宅。岁月清冷，晚风泠泠，门扉发出低哑的声音，随之响起的是沉重缓慢的脚步声。这里乱草丛生，这里海棠花落，这里蛛网连绵。陈旧的窗棂，在风中微微摇晃，映衬着满庭冷色，只觉得无限凄凉。夜愈是寂静，愈是使人感到寂寞孤独，思妻之情犹如潮水般朝心中涌来。

其实，分别也不过年余。旧事物比人情更冷漠，更容易憔悴与衰老。不久之前，这里还是欢歌笑语，其乐融融。那时，他还有一个圆满的家，有温柔解语的妻子，有冰雪可爱的女儿，还有一个虎头虎脑的儿子。做人应该知足，彼时的清贫又算得了什么呢？至少他们一家人是团聚的，是在一起的，而不是如今日，阴阳两隔，不复相见。

悼亡诗，单单这几个字，就觉得凄凉。写过悼亡诗的诗人不少，苏轼的“十年生死两茫茫，不思量，自难忘。千里孤坟，无处话凄凉”，纳兰容若的

“此情已自成追忆，零落鸳鸯，雨歇微凉，十一年前梦一场”。情生情死，芳魂转空，追悔莫及和苦苦相思，都已经是徒然，可若是连最后一点追忆都被剥夺，人生如何能够这样凄凉？小蝶的死，仿佛是最后一根稻草的遗失，将义山的灵魂，全部抽离，从此以后，活在这个世上的义山，只是一具行尸走肉，为年幼的孩子而活，为等待同小蝶的永聚而活。

他一生命运多舛，于理想和爱情上，都是一片虚无。他真挚的爱情，远大的理想，最终都随水东流。现在伊人已去，他唯一追悔的，只是没有在她活着时，给她写许多许多的诗，像当初写给华阳和柳枝的那样，剖开一片心，字字清明。

时至今日，他给她写的诗，都被叫作悼亡诗，比如下面两首：

房中曲

蔷薇泣幽素，翠带花钱小。
娇郎痴若云，抱日西帘晓。
枕是龙宫石，割得秋波色。
玉簟失柔肤，但见蒙罗碧。
忆得前年春，未语含悲辛。
归来已不见，锦瑟长于人。
今日涧底松，明日山头蘗。
愁到天池翻，相看不相识。

悼伤后赴东蜀辟至散关遇雪

剑外从军远，无家与寄衣。
散关三尺雪，回梦旧鸳机。

这些诗，这些如同泣血的诗，被焚在她的坟前。风很大，残灰片片飘起，像是许多黑灰的蝶，不断萦绕在他的身侧。是不是，那个魂归九天的女子，舍不得她的夫君那样伤心，用最后的余温，摆渡红尘而来，无声安慰？

未久，义山在姐夫韩瞻和幼弟羲叟的劝说下，离开洛阳，返回长安，同年幼的儿女团聚。那年，通过羲叟的岳父帮忙，义山补职太学博士，其实不过是个六品虚职，是给太学生讲讲诗文的职位，只是拿着一份低微的俸禄养家糊口罢了。然而，那到底是一个人人瞧不起的虚职，久而久之，情形更加糟糕，加之妻子早逝，家中没有个女主人，一向不问家务事的义山只凭着微薄的薪水，越发入不敷出。他只好重操旧业，出任梓州节度使柳仲郢的幕府书记，再一次离开了长安这个伤心之地。

以前，给义山送行的都是妻子，如今却是韩瞻抱着年幼的儿女，将自己远远地送到城外。那种为了生计而不得不妻离子散的心情，义山体会得更加深刻了。他抱着儿子，摸了摸女儿的头发，一声长叹，许多愁绪，到底无从出口。或许，再一次见到孩子们的时候，女儿说不定已经长成娉娉婷婷的少女，与当年的妻子如出一辙地温柔美好，而儿子也长成了俊秀聪慧的小小少年，故作老成地拿了《庄子》来读。

幸好，他已经将一双儿女托付给了韩瞻夫妇。而这个与自己是同年进士的姐夫，在仕途上比起自己而言，可以说是一帆风顺。自己要千里迢迢去当一介幕僚，而韩瞻早已是长安城中清贵官身。这样也好，想必在韩瞻的照顾下，孩子们必定可以生活安逸，衣食无忧。他也无须担心儿女同表兄妹们的相处，冬郎一向疼爱这个表妹，自然会对他们姐弟照顾有加。义山上马而去，隐忍心中不舍，努力说服自己不用担忧，然而长别伤感的泪水，依旧沾湿了沿路风霜。时年，李商隐四十岁，其实这个年纪算不上老，可若是心如死灰，再青春的岁月，也抵不过一颗苍老的心。

红尘惆怅，此后他早已波澜无声。他骑在老马上，远处残阳如旧，每一日都是这样的日落日升。可就在这样寻常的风景里，生命如同花开花落，枯荣成败，过往的芳香陈旧消散，唯余追忆。梓州的柳大人待义山甚好，不仅将他视为亲信，还十分关心他的生活，得知义山妻子不久前早逝之后，特意从府中选了一名容貌美丽的歌姬，赐予义山。可此时的义山，已经心如止水。任何旖旎艳情，都无法拯救他愿意始终沉沦的心。

他给柳大人上了一封《上河东公启》：

两日前於张评事处伏睹手笔，兼评事传指意，於乐籍中赐一人，以备纫补。

某悼伤以来，光阴未几。梧桐半死，方有述哀；灵光独存，且兼多病。眷言息允，不暇提携。或小於叔夜之男，或幼於伯喈之女。检庾信荀娘之启，常有酸辛；咏陶潜通子之诗，每嗟漂泊。

所赖因依德宇，驰骤府庭。方思效命旌旄，不敢载怀乡土。锦茵象榻，石馆金台，入则陪奉光尘，出则揣摩铅钝。兼之早岁，志在元门，及到此都，更敦夙契。自安衰薄，微得端倪。至於南国妖姬，丛台妙妓，虽有涉於篇什，实不接於风流。

况张懿仙本是无双，曾来独立，既从上将，又托英寮。汲县勒铭，方依崔瑗；汉庭曳履，犹忆郑崇。宁复河里飞星，云间堕月，窥西家之宋玉，恨东舍之王昌。诚出恩私，非所宜称。伏惟克从至愿，赐寝前言。使国人尽保展禽，酒肆不疑阮籍。则恩优之理，何以加焉？干冒尊严，伏用惶灼。谨启。

大约只是说自己容华虽少健，思绪即衰翁。婉言谢绝了大人的好意。是的，在失去妻子之后，不少人来劝说义山续弦或是纳妾，一个正当壮年的男子，孤身一人漂泊在外，确实是需要有一个人来照顾他的起居生活。然而这些善意的意见，都被义山谢绝了。元稹有一句诗说：“曾经沧海难为水，除却巫山不是云。”那些女子，都是很好很好的，只是都不是他心里的那个她，他爱着的那个她。

于是，时至终年，义山也不曾续弦，也不曾有过别的女人，或是爱上过谁。他的心，在得知妻子死讯的那一刻，就已经随之而去。此生，他的情深如海，得到了最好的证明。苦闷忧思之中，烟火袅袅里的佛，悲悯而怜惜，用永生的爱，平复了义山心中的伤。唐朝诗人多有信仰，李白信道，王维笃信佛教，而义山刚开始是道家虔诚的信徒，然而在苦苦追思的此时，他却皈依了佛家。

平静宁和的佛理，深山里沉静的古寺钟声，一切都如若宿命。他曾穿行过幽幽深林，只为寻求古寺里一个隐居的得道高僧；他曾在晨露里敲开古井旁陈旧的僧庐，静静聆听佛说。万千红尘，漠漠尘世，他仿佛是悟了：

残阳西入崦，茅屋访孤僧。

落叶人何在，寒云路几层。

独敲初夜磬，闲倚一枝藤。

世界微尘里，吾宁爱与憎。

——李商隐《北青萝》

他终于得到了心灵的解脱，看破了生死，洞穿了生命的真谛。

青石台阶，碧草幽绿。落叶蝉鸣，余晖缓缓照在石阶上，义山孤身一人，拾级而上。岁月流逝得太匆忙，他几乎还没有抓住什么，就已经两鬓成霜。这些年，他的文集已经陆续出版，这源于一些好心人的热心资助，这个尘世，有更多人知道了世界上有一个叫作李商隐的诗人。这是他的幸运，虽然他不能实现自己的梦想，却能凭借一支彩笔，流芳百世，千古传颂。他的人生，已经走完了大部分，如今，他只等，九泉下重聚那一日。

大中十二年，时年，李商隐四十六岁。而他就在这个年纪上，走完了他多舛却又璀璨的一生。千江有水千江月，人世冷暖，终究与他再无干系。我只希望，在他闭上双眼的那一刻，不喜不忧，无悲无惧。尽管我们像他的好友崔珏一样，觉得他的生命，太短，太短，他分明，还有许多事情不曾完成。

虚负凌云万丈才，一生襟抱未曾开。

鸟啼花落人何在，竹死桐枯凤不来。

良马足因无主踠，旧交心为绝弦哀。

九泉莫叹三光隔，又送文星入夜台。

——崔珏《哭李商隐二首·其二》

后 记

追逐前世今生的情深似海

清朝初期，有一个诗评家吴乔说过：唐人能自辟宇宙者，唯李、杜、昌黎、义山。这句话出自《西昆发微·序》。西昆体，那是宋初风靡一时的诗体，好比我们此时红得发紫的流行歌曲。一时间，也曾洛阳纸贵，最后，却泯灭无声。

时光，是检验经典的最佳工具。西昆体，是义山诗的后续发展，可惜，空有义山的绮丽，却无义山的情深。我总以为，义山诗能够流传千古，永不衰竭，最大的动力在于诗中的情。一个情字，道尽千万爱恨恩怨，最是夺人魂魄。

这样的以为，并非没有根据。《西厢记》《窦娥冤》《望江亭》等，词曲里的世界丰富多彩，情深意重的形象更是为人深记。柳永的词虽然有井水人家之处，就能吟诵，可传诵得最广的，也不外乎是“执手相看泪眼，竟无语凝噎”，或是“衣带渐宽终不悔，为伊消得人憔悴”。

义山的诗里，倾注了他的情，有爱，有恨，有思念连绵，也有凄冷不绝。诚然，他经历过的爱，不在少数。玉阳山上骄傲灿烂的宋华阳，故乡里活泼娇俏的柳枝，还有最终成为他明媒正娶的妻子的小蝶。三段情缘孽债，或许，在如今，一位有过三段恋爱经历的男子，可以因此而为人诟病，然而，放在义山身上，却只是令人觉得他的情路，竟然如此坎坷。

毕竟，他在每一段爱里，都用尽了全力，用尽了情，也用上了真心。没有人，会因为他坎坷的情路，而苛责于他。一份真心实意的爱，不问贫富悬殊，不问时空距离，不问容颜迥异，总是十分动人的。而世间最难得的，往往不外乎一个“真”字。红尘里你追我逐的男男女女，总是以为，谁先认了真，这场以爱为名的战争，谁就先丢盔弃甲，就先输了心。可为什么，不能试着认真，试着相信，试着真心相待，最后以心换心？因为害怕失败，害怕结局不尽如人意，就在惶然不安里渐渐疏离，未免有些令人惋惜。

义山，那个诗里诗外，都以情为生的诗人，就不曾如此。我想，他亦是害怕失去的，亦是对残酷的结局心存恐慌的。然而，他始终不曾放弃过，他坚守信念始终如一。懂得坚持并付诸实践的人，上苍再残忍，也总会满足他，哪怕最终依然形单影只。被深爱的女子放弃过，也由于一时的懦弱放弃过心爱的人，义山终于明白爱的真谛，最终也获得了小蝶的爱。

海枯石烂、沧海桑田的永恒，终究只是一个传说。在经历了红尘温暖的夫妻生活后，义山还是失去了挚爱的妻子。此时，爱不过仅剩余温，而活在世上的义山，也已经憔悴不堪。他像是被抽走烛芯的蜡烛，再也激不起灿烂的火花。不过几年，他也便随之而去。

他一定，对尘世心灰意冷，对黄泉心怀期盼。与其浑浑噩噩地活着，不如怀着新生的希望，去追寻此生所爱。逝去的义山，在多年后，也化成了一个凄美的传说。拂去其上的尘埃，我们会发现，它有着异常璀璨的光芒，生生世世，也难以消亡。那是他，用一生，写就的情。

在这里要特别感谢孙玉梅、陆卫平、朱丹红、刘丽娟、高曼、杨喜鸿、王海荣、张荣川、张洁、王伟华、方刚、刘峰、杨逍、郝晋芬、杨静、侯小芳等各位老师，感谢他们不辞辛劳为本书所做的查证资料等辅助工作，在此予以真挚的感谢。

漫漫诗词情系列

《李清照：风住尘香花已尽》

她用一生的爱与浮沉，浇灌了词的灵魂。那些只言片语，道破她的心绪，也染了千百年的愁。

定价：32.00 元

《李煜：愿时光清浅，许你春花秋月》

词中之帝李煜，史上最温情的皇帝。

定价：32.00 元

《柳永：忍把浮名，换了浅斟低唱》

白衣卿相——柳永的流年碎影与浅斟低唱。

定价：32.00 元

《苏轼：一点浩然气，千里快哉风》

旷世奇才，一个充满智慧的清朗词人。

定价：32.00 元

《辛弃疾：壮志未酬，刀锋难收》

金戈铁马中的英雄，诗词卷轴里的豪杰。

定价：32.00 元

走近古典品人生系列

《万丈风尘，写我沧桑：豪放词人传》

在歌舞升平的北宋，苏轼的“大江东去”开启了豪放词的先河，于是，一个又一个才华横溢的词人放开了笔墨，在时代的洪流里掀起狂澜洪波，为大宋山河恣意涂抹狂放的颜色。

定价：29.80 元

《流年浅唱，人间低吟：婉约词人传》

若你未曾走近他们的人生，便很难将诗词读透。且跟随文字的指引，辗转漂泊命运的路口，当你真正见过那些急景流年里的寂寞哀愁，便更能领会烟波岁月中的缱绻温柔。

定价：29.80 元

《一个人，一座城，一生心疼：唐代才子诗传》

没有比李白更易醉的豪肠，没有比温庭筠更不羁的随性，纵使千年已逝，才子们依然以月光为樽，盛满一杯又一杯的飘逸与逍遥。

定价：29.80 元

《不倾城，不倾国，只倾我所有：宋代才子词传》

他们带着宋时的风雨款款走来，无论兴衰，兀自用诗词浅吟低诉着截然不同的词化人生。

定价：29.80 元

走近古典品人生系列

《我是人间惆怅客：词品纳兰心事》

历史的舞台上，换了一轮又一轮剧目。纵使他的故事，已成过往，我们却始终记得，当初，有他的繁华。

定价：28.00 元

《桃花幻境，隔世人生：五柳先生陶渊明诗话》

他赏菊、弹琴，风流儒雅；他作诗、饮酒，自在潇洒。他来自遥远的古代，却被无数后人膜拜。从未有人如他一般，勇敢地奔向自由。

定价：28.00 元

《我愿为你颠倒红尘：来自雪域的浪漫传奇》

那一世，转山转水转佛塔，不为修来生，只为，那曾在佛前哭泣的玫瑰。

定价：28.00 元

《借鬼说人事，借狐话人心：看纪晓岚谈情说爱》

以鬼狐的名义，讲述喧嚣尘世中的爱恨情仇。

定价：24.80 元

《缘来不喜，离去不伤：聊斋里的禁忌之爱》

写给男人看的妖狐，解给女人听的爱情。

定价：24.80 元

《笑里关情，欢中见爱：笑林广记中的浮世之恋》

阅遍《笑林广记》，方知浮生若戏。

定价：24.80 元